御坊日々（ごぼうにちにち）

畠中恵

朝日新聞出版

御坊日々　目次

装画　スカイエマ
装丁　鈴木久美

御坊日々

序

江戸の世が消え、気が付けば、明治も二十年になっていた。

そして冬伯(とうはく)が住職を務めている東春寺(とうしゅんじ)には、今日も客人の相場師が、顔を出してきている。寺は、上野から遠からぬ、浅草の寺町にあり、訪れるのには都合が良かった。

襟元にネッキタイを締め、モダンな洋装に身を包んでいる相場師達は、東春寺の檀家(だんか)ではなく、冬伯の仕事仲間だ。相場師仲間で、坊主もしている者は冬伯くらいだろうと笑いつつ、相場師達は、時々寺へ話をしに来ていた。

そして冬伯へ、弟子玄泉(げんせん)の前では語れない、明治初期の話などをしていく。顔ぶれは時々で違うが、相場師達はいつも、昔のことを語っていくのだ。

そして皆、一度は必ず、冬伯が東春寺を再建したことを口にした。

「やれ、冬伯さんは相場を行っている時も、自分は僧侶だと言って、坊主頭を通していたがね。

でも二年前、本当に己の寺を建て、住職になった時は、驚いたよ」

「相場師も、続けていきますよ。何しろ私が稼がないと、寺を続けられないんで」

「そうか、廃寺だったんで、檀家がいないんだっけ。勿論、寺領なんかない訳だ」

冬伯は苦笑を浮かべつつ、頷いた。

江戸から明治へと、世の中がひっくり返った維新の頃、東春寺のある東京府でも、寺社は、様々なことに巻き込まれた。上野戦争が起こり、廃仏毀釈の嵐が吹き荒れ、他の多くと同様、寺も大変な時を迎えたのだ。

丁度そんな時、東春寺は先代の住職を失った。神官に変わる僧も出ていた頃のことで、時節も悪く、若い冬伯一人では寺を支えきれなかった。東春寺は一旦廃寺となり、月日が過ぎると共に荒れていったのだ。

二年前、冬伯が寺を建て直したものの、既に檀家は残っていない。それでもまた、廃寺になることがないのは、住職に相場師という二つ目の顔があるからだ。

「師僧亡き後、世話してくれる人があったんだ。玄泉、私はある相場師の元で働くことになった」

冬伯は弟子に、そう告げている。その縁のおかげで、相場で金を稼ぐ術を、身につけることが出来たのだ。

だが弟子玄泉が、相場師仲間を煙たがっていることを知ってか、相場師達は若い弟子を、よくからかっていく。

「冬伯さんは、一見地味な相場師だが、決して相場で大損をしない。この寺だって三十代で、買い戻してるしな」

実は結構な凄腕だと、仲間達は冬伯のことを、語っているのだ。

「明治は万事モダンで、冬伯さんは金を稼げる。なのに何で今更、昔ながらの坊さんをやってるのかね。お弟子さん、坊主なぞ止めた方がいいと、思わないかい？」

そのたび、真面目な弟子玄泉がふくれ面になるので、面白がっているのだ。冬伯がやり過ぎだと注意すると、皆は、必ず土産を持参するようになった。

ただ玄泉は、土産では釣られない。よって今日も相場師が帰ると、ケイキをちらりと見てから、冬伯へ厳しい眼差しを向けてきた。

「アイスクリンを頂いても、ケイキが土産であっても、納得出来ません。相場師の方々は、なぜ来る度、住職になったのは酔狂だと、師僧に言われるのですか」

「玄泉は、生真面目だね。皆さん、檀家のいない寺を、心配してるだけだよ」

怒るより、客人が持ってきてくれたケイキを食べてみようと言い、冬伯は、自分で茶の用意を始める。

「明治は諸事、恐ろしいほど早く、変わっていくからね。相場師さん達は、取り残されそうな我らが心配なのさ」

そして、そんな明治だからこそ、相場師も草臥れている気がすると、冬伯は口にした。疲れ、話を受け止めてくれる相手を、求めている者は多い。相場師達が東春寺へ来るのも、冬伯に僧侶を止めさせたい訳ではなく、仕事の話を分かってくれる者と、語りたいだけなのだ。

「だから毎回からかわれても、玄泉、怒らずにいておくれ。あ、このケイキ、美味しいよ。うん、濃いお茶が合うね」

「冬伯様、ケイキの話をしていたのではなく……確かに、美味しいですね」

こういうケイキを土産に出来る程裕福でも、相場師達は疲れるのかと、玄泉は首を傾げている。今は、誰もが疲れているかもしれないと、冬伯は書院で笑った。

「まぁ、事情は分かる。江戸の頃は、それぞれの歳で、役に立ってたんだ。けど、そういうことがなくなったしね」

若い年代は、新しきことをすんなり覚える力と、腕っ節で、暮らしていけた。歳を経れば、溜め込んだ経験と分別で、危機を回避し、より良きものを選び取れるようになった。どの歳の者にも、ちゃんと役目があり、皆、納得して生きていたのだ。

「でも、ねえ。時が明治となると、寺や神社同様、人も、以前と同じではいられなくなったから」

昔の決まり事は、見事に変わってしまった。

まず徳川の世が終わると、江戸が消え、東京になった。

金、銀、銅貨を使っていたものが、紙幣、円という単位を扱うようになった。せっせと、新しい金の価値と、使い方を覚えていると、徴兵が始まった。

鉄道が開通した。ガス灯が夜を照らし、夜が明るくなった。

そしてその明かりもあっという間に、もっと明るい電灯、アーク灯の光に取って代わられたのだ。

「一時、つまり二時間くらいに一回、鐘の音が告げていた時は、塔の時計が示す、細かで正確な時に取って代わられたし。えっ？ 玄泉、昔は本当に、寺の鐘が頼りだったんだ。のんびりしてたんだよ」

明治になるとケイキだけでなく、牛鍋や珈琲、牛乳などが出回った。牛鍋を口にせねば、開けぬ奴と言われてしまう日が来ている。

「今は万事、新しきものを学ばねば、やっていけないない時代だ。つまり、年配が語る昔の話は、軽んじられるようになったんだ」

人力車がある今、駕籠の上手い乗り方を話したとて、昔の乗り物は知らぬと言われるだけだ。歳を重ねて、当然得る筈であった、経験豊かな者という立場が、吹っ飛んだ。

その流れに付いていけないと、乗り物に乗れず金を払えず、暮らしていくのに困ってしまう。年配者への褒め言葉も尊敬も、明治の世が、減らしてしまったのだ。

「新しくない者にとっては、今、いささか肩身が狭く、苦しい世の中だね」

冬伯は僧だから、苦しさを吐き出したい人の話を、聞こうと思っているのだ。自分のことを、分かってくれる相手がいると、思ってもらえたらと思う。

「今は亡き我が師など、私よりずっと優しいお方だった。足りないところを叱るより、良いところを見つけて、褒めて下さった」

ああいう師になりたいと、冬伯は思っていた。若い頃、師から受けとった思いを、少しでも返していけたらと思う。大事な大事な、己の師との思い出であった。

するると、ぺろりとケイキを平らげた弟子が、大いに頷いてくる。

「それはご立派な志です」

玄泉は、冬伯が名僧の振る舞いをしていると、嬉しげであった。だがその時、ゆっくりと手の中の皿へ目を向けてから、玄泉は首を傾げる。

「なのに不思議です。師僧、師の傍らにおりますと、何故だか時々……例えば今日も、少し不安になるのです」

玄泉は、どうしてなのか分からないと、真剣な顔で言ってくる。

冬伯は、一寸目を見開いた後、両の眉尻を下げ、弟子の剃髪した頭へそっと手を置いた。

「住職が投機的売買をやっていれば、弟子は不安にもなるわな。玄泉、済まん」

相場師は一攫千金とか、賭けとか、地道ではない言葉がついて回る仕事なのだ。相場では、大枚を失い泣く者も多かった。

ある日、冬伯が相場で大きな失敗をし、大損を抱えたら、寺がまた無くなるかもしれない。自分も冬伯も、寄る辺を無くすことがあり得る。弟子がそんな不安に包まれても、不思議はなかった。

ただ……玄泉の不安には、もう一つ訳がありそうだとも思う。だがそのことを、冬伯は語らなかった。

（我が弟子は、鋭い。東春寺に相場師達が来ると、様子が変わる気がする）

この東春寺へ語りに来る同業達に、冬伯は一つだけ、頼んでいることがあった。愚痴も聞くから、廃寺になる前の東春寺について、耳にしたことがあれば、話して欲しいと伝えているのだ。

東春寺は住職を亡くし、突然廃寺になっていたが、その時の事情を、冬伯は摑み切れていなかった。冬伯は師僧の急死の訳を、若い時からずっと、考え続けているのだ。

（亡くなった師僧の顔が、今でも、鮮明に思い浮かんでくる）

きっと自分のそんな様子が、玄泉を不安にさせているのだと思う。冬伯は未だに弟子へ、当時のことを詳しくは語っていない。玄泉には、東春寺の先代が亡くなったので、寺が廃寺になり、冬伯は相場師に引き取られたと、簡単に伝えていた。

（いつか、師が突然亡くなった事情を、はっきり知る日が、来るんだろうか）

それとも、明治の早い時の流れが、やがて、鮮明な思い出まで流し去るのか。

冬伯はわずかに首を振ると、今も不安げな様子の弟子に、仕事を頼むことにした。やることがあると、気は紛れる。

「玄泉、そろそろ来客の支度を頼む。確か今日はこの後、八仙花のおかみが来られる筈だ」

玄泉は頷くと、急ぎ、客間へと歩んでゆく。寺には、住職である冬伯と弟子の他に、人はいない。だから様々な雑事は、二人でこなしているのだ。

冬伯は、その若々しい後ろ姿に、ふと、まだ師と共にいた頃の、己の姿を重ねた。

色硝子（いろガラス）と幽霊

1

東春寺(とうしゅんじ)の奥の間へ、顔を見せてきた客が、まずは住職の冬伯(とうはく)に、久しぶりだと頭を下げた。料理屋八仙花(はっせんか)のおかみ、咲(さき)だ。

八仙花の客である、相場師仲間から紹介され、顔だけは知っていた。だが、おかみから突然、東春寺で話がしたいと手紙をもらった時、冬伯はいささか戸惑った。

(さて、檀那寺(だんなでら)は他にある筈(はず)だが。おかみはどうして、この東春寺に来たいのかな)

事情は分からないままだが、冬伯は優しくおかみを迎えたし、おかみは愛想良く、挨拶をしてくる。

「うちの八仙花は、浅草から程近い上野にございます。遠くはないのに、こちらのお寺へ来るのに、一寸道(ちょっと)を失い、遅くなりました。寺町は、昔と変わらない筈ですのに。歳(とし)のせいでしょうか」

そう言っておかみは笑ったが、料理屋を切り回し、実質、店の主（あるじ）であるおかみは若く見え、笑みが美しい。

向き合って座った冬伯は、江戸の名が東京と変わって、この辺りも前とは少々違うからと、優しく口にした。

「この東春寺とて、実は変わっております。拙僧が寺を建て直したのは、二年ほど前のことですから」

寺町ですら、やはり前と同じとは、いかないご時世なのだ。

「明治は諸事、移り変わることが多いですね。そうだ、上野の駅とて、四年ほど前に出来たばかりですよ」

「あら、そういえば」

「上野には、広い公園地も現れましたし」

維新の頃、新政府は神道を重視する策を打ち出し、仏教を排斥する廃仏毀釈（はいぶつきしゃく）の波は、東京の地にもやってきた。西の地のように、数多（あまた）の寺が無くなるほど、酷（ひど）いことにはならなかったが、寺もまた、昔と同じではいられなかったのだ。

浅草の寺と言われれば、直ぐに思い出される浅草寺など、寺と一緒にあった神社が姿を消し、寺地の西側は広い浅草公園地になった。

そして上野駅の北側にあった寛永寺は、恐ろしい程、形を変えた。新政府の敵方、徳川縁（ゆかり）の寺であったからか、境内の大部分が寺とは切り離され、上野公園地にされてしまったのだ。

公園地には、博覧会陳列場や外国人教師官宅などが出来、あの一帯は江戸の頃と、すっかり趣を変えている。おかみが笑った。

「ええ、私が八仙花へ嫁いだ後も、上野は色々変わってますね。不思議です。別のものになった途端、毎日見ていた場所でも、昔何があったか、直ぐに思い浮かばないんですから」

そこへ、玄泉(げんせん)が茶を出してくれて、挨拶代わりの話が一旦終わる。所作が奇麗だと、おかみから弟子への褒め言葉が出て、玄泉が顔を赤くしていた。

皆が笑みを浮かべた後、おかみが冬伯へ、今日、寺へ来た事情を語り出した。なんでも、家の話を聞いて欲しいということだった。

「私の生家は、京橋近くで料理屋をやっております。ええ、それで幕末の頃、同業のご縁もあって、料理屋八仙花へ嫁ぎましたの」

商人にとっても、維新は激動の時代であった。おかみが家を離れた後、生家がずっと、順調に商っていた訳ではなく、上野にいるおかみにも、それは分かったという。

「維新の後、江戸の屋敷におられた武家方が、一斉に国元へ帰りました。東京は、大きく人を減らしたんです」

百万以上はいると言われていた江戸の者の内、およそ五十万かと思われた武家が、江戸の地を去ったのだ。新しく東京へ入って来た者もいたが、今までの贔屓(ひいき)を多く失い、商いが苦しくなった料理屋は多かったという。

そんな中、おかみの生家は踏ん張り、今も続いている。場所が良かったと、おかみは運を語った。

「明治の元年に出来た築地の居留地が、生家から遠くない場所にありました。それで、日本らしい料理屋を求め、余所の国の方達を連れたお客様が、実家へ来て下さったんです」

昔ながらの、錦鯉が泳ぐ池や苔むした石灯籠、四阿が建っている美しい庭が、おかみの生家にはあったのだ。

「ただ私には、見慣れた実家の庭の、どこがお客を呼ぶのか、よく分かりませんでした。私は、新しく出来た居留地の、江戸とは全く違う、外国そのもののような街を見るのが、好きだったんです」

たまに生家を訪ねた時など、おかみは、近くの居留地を見に行っていたらしい。煙突のある屋根や、色とりどりの硝子で絵が描かれた、日本にはない上げ下げ窓が、築地にはあった。洋装の婦人が歩き、馬車が行き交っていた。

居留地を隔てる堀川には、紺色の印半纏を着た船頭が舟に乗っていたが、その向こうに見えたのは、多分死ぬまで訪れることのない、外つ国の風景だったのだ。おかみは何度見ても、ただ、引き込まれていたという。

「私は上野へ嫁ぎましたが、料理屋八仙花では明治になっても、江戸そのものの暮らしを続けておりました。だから物珍しかったんですわ」

亭主は十も年上で、おかみには甘かったものの、二人で商売を語ることなど、とんとなかった。

「でもまあ、そんなものかと思いました。生家の親も兄弟も、おなごと商いについて話すことは、ありませんでしたから」

料理屋の奥にあった家で、咲は三人の子を授かり、慌ただしい毎日を送った。子育てや家の用に忙しく、店へ目を向ける余裕もなかった。

「ところがです。嫌でも料理屋のことに、向き合わなきゃならない時が来たんですよ」

下の子も、子守へ頼めるようになった、ある日のことだ。亭主は、咲を長火鉢の脇へ呼ぶと、珍しくも八仙花の苦境を語ってきた。そして、咲が持参金として持ってきた土地と建物を売り、店の立て直しに使いたいと言ったのだ。

「気が付けば八仙花は、かなり傾いておりましたの」

おそらく維新の前から、八仙花はじりじりと、沈み続けていたのだ。

「ご承知とは思いますが、おなごが嫁ぎ先へ持ってきた財産は、亭主が管理します。生家が持たせてくれた財でも、女には任せちゃもらえません。それが決まりですから」

ただ、万に一つ離縁となった場合、その財は妻へ返さねばならない。元妻が再縁する時の持参金となるから、亭主も軽々しく、勝手は出来なかった。

「なのに、その金を使うと言うんです。八仙花はそれほど困っていると、直ぐに分かりました」

ただおかみは、その場で承知しなかった。

「嫁ぎ先へ持ってきたものですし、子供の先々も掛かっています。家のために使うのは、構わなかったんですけど」

多分八仙花には、住んでいる料理屋の他に、もう財がないのだ。何としても持参金で、立ち直ってもらわねばならなかった。

しかし金をただ、借金の穴埋めに使っても、明日また新たな借金が生まれそうだった。おかみの財は、いつの間にか消えそうになっていたのだ。

「それじゃ店は保ちません。それで私は一世一代の、無茶をすると決めたんです」

そう語るおかみの目が、煌めく。

「私、亭主へ頼んだんです。持参金を、八仙花へつぎ込むのは構わない。いざとなったら、身一つでこの家を出されても、文句は言わない。だから」

一回、その金を動かす機会を、自分に与えてくれないだろうか。おかみは無謀にも、亭主へそう語っていた。今まで、料理屋の仕事を手伝ったことはなく、子育てに追われ、客への挨拶すら、たまにするくらいだった。なのにおかみは、店の明日を、自分に託してみろと言ったのだ。

ここで冬伯が、柔らかく笑った。

「いやいや、無謀な頼みでは、ないと思いますよ。ご亭主はずっと、家の傾きを止められずにいた。誰か代わりの者が、戦うしかなかったのでしょう」

おなごながら、その役目を買って出たのは立派なことだと、冬伯がおかみを褒める。笑ってから、おかみは先を続けた。

「八仙花はあの頃、これといって特徴のない料理屋でした。庭は広く、奇麗にしていたものの、料理屋の側（そば）には寺町がございます。昔からの庭なら、近くの寺に幾らも、ずっと立派なものがございました」

生家と同じように、日本の庭を売りにしても、無駄だと分かっていた。おかみの頭には、亭主へ無理を頼んだ時から、別の考えが浮かんでいたのだ。

「以前、築地居留地で引きつけられた、外つ国のモダン。あれを八仙花へ入れることが出来ないか。私、そう思いついたんです」

店を切り回したことすらない妻の、保証もない考えであった。だが驚いたことに、亭主は妻の無茶を承知した。とにかく、おかみの持参金である家と土地を売り、それで急ぎ、借金を返したかった故だと、後で分かった。

「借金返済で半分は吹っ飛びましたが、持参金の残りはまだ大分ありました。だから私はそれを使って、多くの八仙花の窓に、色硝子を入れたんです」

料理屋ごと建て直したのではなかったから、店が、西洋そのものになることはなかった。だが色硝子の窓は、これまで上野の料理屋で見たことのない趣を、八仙花へもたらした。

硝子で風景や花、人の姿を描いた窓は、日中、表からの日を受け、水底から光っている池のような、煌めく美しさを見せた。夜は、窓の外に明かりを置き、虹の塊が廊下のあちこちにこぼれるようにした。

「八仙花は、和と洋が混じり合った、不思議に引きつけられる建物になりました」

料理屋は虹色の華やかさで、評判になった。八仙花のどの窓が贔屓か、客達が、茶館で珈琲(カフェー)を飲みつつ論じた。そしてそれがまた、料理屋へ客を呼ぶことになったのだ。

「お客が増えましたので、更に少しずつ、和洋折衷の趣を、八仙花に増やしていきました」

珈琲を、西洋の珈琲茶碗で出した。輸入物の料理用ストーブを買い、外つ国の本を参考に、珍しきケイキを焼いて、茶菓子として出したのだ。

正直に言うと材料が調わなかったので、そのケイキが欧羅巴(ヨーロッパ)で食べるのと、同じ味だったかは分からない。しかし、余所では食べられないケイキが、八仙花で出ることが大切であった。

「西洋の美しさ美味(おい)しさは、銀座では珍しくなかったかもしれません。でも上野の料理屋として、八仙花はモダーンでした」

しっかりした板前や仲居がいたこともあり、料理屋八仙花は立ち直っていった。その頃を境に、料理屋八仙花の主は、実質おかみになった。

「家付き娘でもない私が、嫁ぎ先を切り回しているのです。確かに明治の世は、新しいですわ」

そう言うとおかみは茶へ手を伸ばし、言葉を切って、素早く冬伯を見てきた。その眼差しが、何かを計っているかのようで、冬伯はすっと目を細める。

「おや、めでたしめでたしで、奇麗に物語が終わりましたね」

開化の香りのする語りでしたと続けたが、おかみは黙ったままだ。東春寺の簡素な書院の間で、冬伯は何かに引っかかって、おかみを見つめることになった。

2

今日は、ただの愚痴を聞く日では、ないのかもしれない。そんな考えが、ふと冬伯の頭に、浮かんでいた。

「それで。おかみ、話はここからが、本題ですかな?」

そう言葉を向けると、おかみの口元に、わずかに笑みが浮かんだ。東春寺へわざわざ来たのだ。ゆっくり伺いますよと、冬伯が優しい顔で先を促す。

「語りづらいことがあるのかもしれませんが、お聞きしても、余所には語りません。僧は口が堅いのです。そうでなくては人の話など、聞くことは出来ませんから」

少し離れた場に控えていた玄泉が、まだ語りは続くのかと、驚いた顔を作っている。おかみの声が、ぐっと明るくなった。

「あら、ご住職は、めでたく話が終わったとは思わないのですか?」

「おかみ、ここまでの話でしたら、ご自分の料理屋で、お客へ語ることも出来ましょう。昔の話ですしね。わざわざこの寺へ語りに来られる必要など、ありません」

やんわりと言うと、おかみは何故だか嬉しげに頷いた。そしてこれまでの話は、八仙花の思い出で、次の話をする為、聞いておいて欲しかったことだと言う。

そしていよいよ、今の困り事を語り始めた。

明治も二十年になると、世の中は、八仙花がモダンになった頃と変わった。いや、明治という世の中は、ずっと恐ろしい勢いで、変わり続けていったのだ。

大火事が起きた後、銀座に煉瓦街が出来た。窓や茶碗だけでなく、街全てがモダンである場所が、この東京に出現したのだ。西洋料理を食べさせる店が現れたと思ったら、もっと手軽に食べられる、洋食というものが生まれ、人々に愛されている。

そしてある日八仙花のおかみは、帳場で歯を食いしばることになった。店の状態は、言い逃れ出来ない程、悪くなってきていた。

「何でもっと早く、気が付かなかったんだろう。座敷で宴会を行う形は、もう古いんだわ。八仙花は料理屋として、モダンとは言えなくなってる」

しかも交通の便が良くなり、今は新橋から上野広小路や、浅草広小路へ、二頭立ての鉄道馬車が走っている。夜走る鉄道馬車の赤ランプを見ると、より遠くにある店が、競争相手になってきたことを、身に染みて感じた。

（大きなしくじりをした訳じゃないのに。店の売り上げが、じりじりと下がっていく）

昔の嫌な感覚が、戻ってきていた。

おかみが持参金をつぎ込んで勝負をし、頑張って得たモダンな新しさは、途中、何度も手を入れたのに、十何年しか保たなかった。まるで人が歳を取るのと合わせるかのように、古びてきている。

「長男は、去年お嫁さんをもらった。せっかく跡取りにと思ってるのに、このままじゃ渡す店が、無くなってしまうわ」

心配して息子と話をすると、今のうちに店を新しくすればいいと、喜一は明るく言ってきた。

「もっともっとモダーンな、新しい八仙花にすれば、客が増えるんじゃないかな」

おかみも、八仙花を変えるなら、今だと思う。店に金が残っている内に、動かねばならなかった。

「ただねぇ、店を時に合わせて造り替えるなら、今度は窓だけじゃ済まないわ。喜一、すっかり建て替えることになるでしょう」

八仙花は木造の建物だから、建て直しが必要になることは分かっていたし、明治になっても火事は多い。おかみはもらい火に備え、金を貯めてはいるのだ。

だが、それでも。

「喜一、言われるまま、八仙花をモダーンに、建て替える決心は付かないわ。何故かって？八仙花を常に、時と競わせようと思ったら、それこそ十何年に一度、造り替えなきゃならないからよ」

しかも建物だけではなく、庭も、合わせて変えねば可笑しい。大金が掛かる。借金が必要だと思えた。

だからこそおかみは、真剣に問うた。

「建て替えに必要な借金を、どう返していくか、喜一、考えを聞かせて」

今の八仙花が生み出す利益では、とても建て替えの金が出ないと、おかみは言ったのだ。ところが喜一の返事は、とんでもないものであった。

「まずは今回、おっかさん達の金で店を新しくすれば、当分は客が来ますよ。その店も古くなってきたら……次は、嫁の持参金で直せばいいから、心配はないさ」

つまり喜一は、他力本願なことばかりを口にしたのだ。

「喜一、それ、返事になってません！」

おかみは、息子が自力で金の算段を付けるまで、建て直しは出来ないと言い渡した。おかげで息子と、角突き合わせることになっているのだ。

亭主は、妻と跡取り息子の喧嘩（けんか）に、割って入ってはくれなかった。だが、おかみは長年、亭主に頼らず店をやっている。こんな時だけ、亭主へ文句を言うことは出来なかった。

あれでは息子も、頼りに出来ない。けど、店を何とかしなければいけないのは、本当だ。おかみは本心、困ってしまった。

するとじき、話は更にややこしくなった。母親から突っぱねられた喜一が、より与（くみ）しやすいと踏んだのか、父親に泣きついたからだ。おかげで夫婦は久方ぶりに、店の先々について話すことになった。

そして、魂消（たまげ）ることになった。

「はあっ？　お前さん、自分が金を作ると言うんですか？　どうやって？」

初めて息子から頼られたのが、余程嬉しかったに違いない。八仙花の本来の主は、己が動くと決めていたのだ。料理屋以外で金を稼ぎ、喜一の思うとおりに、店の建て替えをさせたい。そう言い出した主を見て、おかみは呆然(ぼうぜん)とした。

「お前さん、余所で、どうやって大枚を稼ぐんですか?」

夜、店の者達がいない奥でそっと問うと、主の返事は、思わぬものであった。

「洋銀相場で、儲(もう)けようと思う。この店の主らしいところを、示さねばね」

相場で派手に儲けた者のことが、新聞を賑(にぎ)わしていた。明治になると、色々な新しい相場が現れてきたのだ。店の常連客も洋銀相場をやっており、主は相場師達とも知り合いであった。

しかしだ。

「お前さん、一気に財を失い、一文無しになったという話も、相場師にはつきまとってますよ」

「大丈夫だよ。無茶はしないから」

相場師になって、儲けたいと願う人の耳目には、都合の悪い話は届かないと知った。八仙花の主は本気で、今度ばかりは引きそうもなかったのだ。

「私が長年、自分で八仙花を動かしてきたせいですか」

主から、活躍の機会を奪ってきたからかと思うと、おかみは主を止めきれなかった。だが、それでも。

「相場ですんなり儲けられるとは、とても思えないわ」

怖かった。

相場の大損とは、並の額ではないと聞いている。一回の失敗で、店が潰れるかもと思う。

おかみは昔、自分の持参金をつぎ込んだ時以来の、危機がやって来たことを知った。

3

東春寺の書院で、おかみは湯飲みを手に、語ってゆく。

「私はその時亭主へ、相場は怖い、始めて欲しくないと伝えました。でも亭主は、大丈夫だと言って引かなかった。いえ、引く必要がないと思ってたんです」

亭主は、ある相場師の噂を聞いており、その者を真似て、相場をする気になっていた。

噂の相場師は、大枚を動かし、世間を騒がせる程の大物ではなく、名も知られていない。だが引き時が上手く、大損はしないという。目立たないが、男は相場で何年も儲けており、八仙花の客にも知り合いが多かった。

「そういう仕事のやり方が出来るなら、相場も悪くはないって、亭主は考えてたんです」

おかみには亭主に、その相場師と同じことが出来るとは、思えなかった。堅い儲け方が誰でも出来るのなら、相場で財を失う者など、いない筈だからだ。

「思いましたよ。堅実に儲ける相場師など、この世にいなければ良いのにって」

冬伯はおかみへ、優しい目を向けた。

「おかみはご亭主のやりようを、不安だとおっしゃる。だが、必死に庇ってもおいでですね。ご亭主に惚れておられるんでしょう」

するとおかみは、笑いを浮かべた。そして今日まで、誰にも話していないことだと言い置いてから、口にした。

「あの人は、良い亭主ですよ。私が八仙花を背負い、亭主は道楽の日々でしたけど。でも、好きにさせてもらえました。嫁いだのがあの人で、幸運だったんです」

けれど。いつ誰に嫁ぐか、おかみの婚礼を決めたのは親だ。おかみは若かった頃、亭主となった男の写真を一枚見た。その後、親が連れて行った店で軽く相手と会い、挨拶をすると、嫁ぐことが決まっていた。

「そういう相手に、私、惚れているんでしょうか。ええ、子供も生まれたし、情はあると思います。けれど惚れているかは、分かりません。きっと死ぬまで分からないわ」

まるで弟子の玄泉のように、溜息を漏らしてから、おかみは顔を上げ、また語り出す。その目が、冬伯をじっと見つめてきた。

「終わったことを言います。亭主は洋銀相場を始めました。そしてあっという間に、しくじってしまいました」

八仙花の主は、相場で全く儲けを出せなかった。世に知られた相場師達は、楽々と金を手にしているように見えるのに、亭主には無理だったのだ。

「余りにも駄目だったんで、却って助かりました。損がふくらまなかったんです」

おかみは客の相場師に頼み込み、その力を借りて、なるだけ損が少なくて済むよう、亭主を相場から引かせた。忙しくて、暫く店へ目が届かなくなった。

「すると、です。その間に八仙花で、思いも掛けないことが、起きてたんです」

ここで何故だかおかみが、ふっと笑い、少し冬伯の方へ身を乗り出した。そして随分と近くから、料理屋で何が起きたか分かりますかと、上目遣いに冬伯へ問うたのだ。

冬伯はその仕草から、色っぽさというより、妙に怖いものを感じた。

「冬伯様、是非、起きたことを当てて下さいまし。分からないは無しですよ」

冬伯が寸の間黙っていると、玄泉が素早く鉄瓶の湯で、二人の茶を入れ替えてくれる。おかみが座り直し、熱い茶を飲んでいる間に、冬伯はとにかく、思いつきを並べてみることにした。

(今日もいつものように、一時、客人の愚痴を聞くのだろうと思っていたが)

ところが話は段々、息苦しいような濃さを帯びてきている。

(何で、こんな話になったんだろうね)

冬伯は不思議な思いに包まれたまま、とにかく頭を働かせることになった。

「そうですな。もしかしたら息子さんが、親の了解を得ないまま、勝手に料理屋を、改装し始めていたとか」

おかみはあっさり、首を横に振った。

「私達に気づかれず大工を入れるのは、無理ですよ。冬伯様、外れです」

「では……おかみの知らぬ間に、息子さんが、大枚の借金をしていたとか」

返金に困って親に泣きつき、話が分かったのだろうと言ってみたが、これも外れる。

「親から金を引き出せなかった息子さんが、若おかみの持参金へ、早々に手を付けたか。ああ、この考えも駄目ですか」

冬伯は、更に思いつきを並べてみる。

「若夫婦が大喧嘩をし、若おかみが里へ、帰ってしまったかな? 違いますか。では……若おかみのご実家に、八仙花の苦境を知られ、離縁の話が湧いて出たとか」

だが冬伯が並べた話、全てに、おかみは頷かなかった。

「あらまあ冬伯様、全部外れてしまいました。考えつかないとは、情けないですね」

(やはり、おかみの口調が、少々怖いな。だけど、どうしてだ?)

ここでおかみはまた、冬伯へ身を寄せてくる。そして八仙花に起きた一大事を、己から話し出した。

「本当に、驚くことが起きました。実は八仙花に、幽霊が出るようになっていましたの」

「はい? 料理屋に、怪異出現ですか?」

それは面白いと言って冬伯が笑う。

「なんだか、小芝居の怪談を思い出しますね」

おかみは渋い顔を、きっと冬伯へ向けてきた。

「冗談ではありません。モダンな料理屋とは、余りにもそぐわない話じゃありませんか」

おかみは、怒りを込めて先を語る。

「料理屋の二階には、私の大事な、色硝子が嵌まった窓が幾つもあります。その辺りに出たっていうんです」

夜、遅くまで居残った客が、長い髪を垂らした女の幽霊を、硝子窓が並んだ廊下で見かけたのだ。幽霊は着物の裾を長く引き、頭から薄物を被っていたという。

その上、話を聞いた他の客が、怖がりつつもその姿を追うと、幽霊は料理屋の廊下から、消えてしまったそうだ。

被り物をして、はっきり見えない筈なのに、幽霊は若くて奇麗な、おなごだと噂になった。その話は野火のように、店の者やお客の間に広まっていたのだ。

「私と亭主は、相場へばかり目を向けてました。だから気が付いた時は、幽霊がいつ何度出たのかすら、分からなくなってました」

噂には尾ひれが付き、話は幾通りにも変わって、どこから噂を聞き、何を誰へ話したのか、覚えていない者が多かった。

その後、幽霊の件は更に、厄介なものになっていった。客の中には剛の者もいて、麗しいのなら、その幽霊に会いたいと言い、八仙花へ来るようになったのだ。

幽霊は、いつも現れるとは限らない。店が繁盛する程、酔狂な客は来なかった上、幽霊が出る料理屋の噂は、八仙花の名すら知らない者にまで伝わってしまった。

「明治の今も残っているよみうりに、くだらないことを書かれたんですよ」

もはや八仙花の、見慣れた色硝子の窓に、目を向ける客などいない。おかみが持参金と、若さと、人生を賭けて作ったその窓は、江戸時代さながらの、幽霊という怖さにまみれて、すっかりモダンさを失ったのだ。

「私、思い切って一旦、夜、お客を入れるのをやめました。とにかく幽霊の噂を、止めたかったんです」

するとと今度は別の怪異が、八仙花を襲った。閉めていた二階で、夜遅く色硝子の窓が、突然虹色の光を廊下へ落としたのだ。それを奉公人が見つけ、また騒ぎとなった。

「誰かが、窓近くの外灯に明かりを入れて、硝子窓を煌めかせたんですよ。怪異は幽霊だけじゃない。八仙花の窓でも起こったと、言いたいんでしょう」

おかみは怒った眼差しを、冬伯へ向けてくる。こんな話は、確かに余所で言える筈もなく、東春寺へ吐き出しに来たのだろうと、冬伯は唸った。

「おかみ、怒っているということは……その幽霊、本物だとは思っておられませんね？」

「勿論ですとも！　私が嫁いで来てから、八仙花には一度だって、幽霊が出たことはございません！」

それが、八仙花を建て直すかどうかで揉めると、急に出てきたのだ。おかみでなくとも、思い浮かんでくる名があるというものだ。

「息子が嫁と組んで、幽霊をお客へ見せたんですよっ。幽霊の正体は、枯れ尾花ではなく、嫁です」

おかみが、八仙花の建て替えを承知しないので、息子がじれたのだ。料理屋へ幽霊を出し、八仙花の古さを示したのだと、おかみは言い立てた。

「お客様が来なくなれば、やり直す為、建て替えるしかなくなります。息子はそう踏んだんでしょう」

八仙花は、今、困っているのだ。十年後、二十年後の、建て替え費用の話などされるより、目の前を乗りきりたいと、息子は思っているに違いないという。

冬伯は、静かに頷いた。

「こうも世の中が変わり続けると、ねえ。若い者はもう、何十年も先のことを心配する気に、なれんのかもしれませんな」

年配者は、押し寄せてくる新しきことの多さに、諸事置いていかれがちだ。しかし、新しきことをこなし続けている若手達とて、失うものはあるのだろう。

(江戸の頃のような、確かで変わることの少ない、落ち着ける世を、明治の若者らは、得られないでいる)

若い時は、親達が不得手な新しきことを、己が出来ると知って得意になる。だが昔は親も、当時の新しきことを使いこなしていたと分かると、その内己も、苦しむ側に回ってしまうと、恐れる訳だ。

(本当に、何もかもが移っていく)

冬伯は境内の奥、部屋から見ることの出来ない一角を、思い浮かべた。

奥には、東春寺の墓地が広がっている。ただ維新後、寺が廃寺となると、檀家(だんか)は他の寺や隣の神社などへ移り、あっという間に墓もそちらに行った。墓地には今、亡くなった師のものなど、少しばかりの墓が残っているのみで、寂しい様子になっている。

「本当に、世の移り変わりは早い」

すると、ここで八仙花のおかみが、何と冬伯の膝に、手を置いてきた。そして、その身をぐっと、冬伯へ寄せてきたのだ。

ただ、それでも驚くだけで、玄泉は顔を顰めていない。どう見ても……おかみからは色気の欠片も、感じられなかったからだ。

「おかみ、どうされました？」

冬伯は、泣きながら怒っているような顔のおかみへ、静かに声を掛ける。するとおかみは突然、思いも掛けない言葉を口にしてきた。

「料理屋八仙花を、この先どうやったら続けられるか。どれだけ考えても、分からないんですよ。私では、もう支え切れません」

だが、八仙花の主でも駄目だった。息子は最初から、役に立たないと分かっている。ならばだ。

「冬伯様、あなた様が、八仙花を救って下さいませ」

「えっ？　私が、支えるんですか？　その、料理屋八仙花を？」

師と弟子、二人の僧はまさかの話を聞き、魂消て返事が出来なかった。寸の間、奥の間は静かであったが、やがて冬伯よりも先に、玄泉が立ち直る。何故、と言葉を漏らすと、おかみがぴしりと言った。

「八仙花のお客である相場師さん方が、噂していたお仲間。堅実な相場が出来るという相場師とは、冬伯様なのでございましょう？」

何人かの相場師と話し、耳にした話を繋ぎ合わせ、おかみは確信を持ったという。それで今日、この東春寺へ来たのだ。

「亭主が、出来もしない相場へ、首を突っ込んだのは、冬伯様の真似をしたかったからです。失敗の責任を取って、助けて下さいまし」

「はあっ？」

今まで大人しかった玄泉だが、いよいよ顔を顰め、おかみと向き合った。そして、眉を吊り上げたのだ。

「何で我が師が、料理屋の主の尻拭いを、せねばならないのですか。自分でも、妙なことを言っていると、分かっておいでですよね？」

だがおかみは、目の前に来た玄泉を無視して、冬伯へ顔を向けてくる。

「例えば亭主へ、相場の指南をして下さいませんか。先達の相場師として、堅実な相場のやり方を、教えて下さいまし」

主が少しずつでも相場で稼げるようになり、料理屋以外から、金が入ってくる当てが出来れば、毎日が随分楽に感じられると、おかみは言う。しかし玄泉は、呆れたように言い放った。

「おかみっ、檀那寺ですらない寺の住職へ、どうやったらそこまで頼れるんですか」

「お弟子さんは、黙っていて下さい。私は、相場の指南役を、冬伯様が引き受けて下さると、思っております」

「だ、黙れとは……僧を何と心得て」

玄泉が目を白黒させているところを、冬伯は初めて見た気がした。おかみは若い玄泉を黙らせた後、更に、思わぬ言葉を重ねてくる。

「冬伯様は、仲の良い相場師方へ、お頼みになっていることがあると聞きました。廃寺になる前の東春寺のことを、調べておられますね？」

「えっ、師僧、相場師さん方へ、そんなことを頼んでおいでだったんですか」

玄泉が、目を見開いている。

おかみは冬伯よりも年上で、維新の頃には上野にいた。だから一旦廃寺になった、古い東春寺については詳しくないが、この一帯、浅草や上野の寺町の事情については、いささか語れると言ってくる。

「この東春寺へ来る前に、私、人からも色々、話を集めたんです。その話と引き換えに、亭主に相場を教えては頂けないでしょうか」

冬伯は眉根を寄せ、首を横に振った。しかしおかみは、先に知っていることを話すから、その話が役に立ったと思ったら、助けて欲しいと言い、昔の東春寺について、さっさと口を開いてしまった。

4

「冬伯様、遠くない所に住んではおりますけど、私自身は、この東春寺の事情を存じ上げておりませんでした」

何しろ寺町には、本当に山と、様々な寺が並んでいるからだ。

寺の向かいも、横も、道の先も、全て寺という場所が広がっている。大名屋敷や、町より大きな寺社も、珍しいものではない。自分の檀那寺か、高名な寺院への参詣以外、寺へ行くことは余りなかった。

そして、八仙花の明日をどうしようと悩み出した時、まずは亭主が相場師の客から、手堅い相場師の話を耳にしたという。

おかみは昔を語ると言ったが、話はあっさり逸れ、心配を抱えた八仙花のことになっていった。

「亭主は相場師さんの噂を聞くと、直ぐ、その相場師さんがやっているように、己も手堅く儲けたいと言い出しました。けれど、素人(しろうと)には無理だと、客の相場師さん達から笑われたんです」

運を味方に一回、大枚を稼ぐより、長く、大損せず、相場師として稼ぎ続ける方が、余程難しいと言われたのだ。

しかし亭主は、相場を始めることを諦めなかった。それでおかみが噂の相場師の名を訊ねても無理だと言われ、その名を教えてもらえない。やむなくおかみは、自らその手堅い相場師を探し始めた。

「実際、取引をしているんですから、幽霊じゃありません。その相場師に会って、亭主に相場を教えてもらえたらと思いました」

しかしなかなか相手を見つけられず、名前すら分からない。だが、大枚を無くしたある相場師から、八仙花の支払い棒引きと引き換えに、ようよう事情を聞き出した。件の相場師が地味にやっているのは、実は坊主だからだというのだ。

「御坊が金儲けに走っているのかと、驚きました。ですが、うちのお客様は、御坊の相場師を、悪くは言っておりませんでした」

その御坊は、ご維新の頃失った寺と墓を、己の力で取り戻す為、長年苦労していたのだ。江戸が東京に変わった時、政変の大きな流れに巻き込まれ、一生が狂った者は大勢いる。だから相場師達は、寺を失った僧へ同情を向けていた。

相場師の名を聞き出したおかみは、相手のいる寺も突き止め、話をするため乗り込むことにした。

「手堅い相場師は、この東春寺の御坊、冬伯様でございました」

会うことは難しくなかった。

「小さな寺の住職なら、その寺へ行けば会えますもの。話をすることも出来ます」

そしておかみはこうして今、相場を教えて欲しいと、請うているのだ。しかし冬伯は、小さく首を横に振った。

「おかみ、相場師には向き、不向きがあります。教えを請えば、何とかなると思ったとしたら、ご亭主は相場に、向いていない気がします」

そして相場で金を作らねば、モダンな店を保てないならば。八仙花はこれ以上、料理屋にこだわらない方が良いのかもしれない。冬伯はそう言い切った。

「八仙花は、別の道に進むことも出来ますよ」

だがおかみは、承知しない。

「うちはずっと、料理屋一筋なんです。外の道が、あるとは思えないわ。それに亭主から、店の切り回しだけじゃなく、馴染(なじ)んでいる暮らしまで取り上げるなんて、私には出来ません」

だから何としても冬伯に、相場を教えて欲しいと言い……おかみはそう言った後、ふっと眼を見開いた。

「あら、いやだ。廃寺になる前の、東春寺の話をするつもりだったのに。済みません、何とかしたくて、話が逸れてたわ」

おかみは首を振ってから、座り直すと、今度こそ、昔の東春寺について語り出した。

「堅実な相場師の行方を探していた時、私は八仙花のお客様から、東春寺の昔話を耳にしましたの。いえ、そのお人は、相場師じゃなかったです」

以前の東春寺は、明治の初め、廃仏毀釈の頃に廃寺となっている。ただ、その客によると、寺町にあった寺は、元のまま残った所がほとんどだったらしい。

そんな中、東春寺は急に住職が亡くなり、寺が続かなかった。近所では一箇所のみの災難で、目立ったらしい。よってその客は、東春寺のことを覚えていたのだ。

「当時の住職は、まだ四十そこそこであったとか。今の御坊より、年上ですね」

その御坊は当時、日々、活発に動き回っていたらしい。

「ところが、寺町で問題でも起きたのか、皆が忙しそうにしていたある日、住職は突然、亡くなったんです。ええ、驚く程突然だったとか」

その為、江戸の頃のように、笠で顔を隠したよみうりが道に現れ、寺のことを書いた剣呑な読み物を売り出した。そしてよみうり達は、大急ぎで、隠れるように消えていったのだ。

政府の不正を書き立てる時、また、名のある御仁の不品行を表に出す時、よみうりは、そういう売り方をする。その回、よみうり達が恐れたのは、話の剣呑さかもしれなかった。

「朝方、元気だった住職が、突然死んだ。それは、住職が殺されたからだ。八仙花のお客様は、よみうりに、そんなことが書かれていたと話してました」

「師僧が、殺された？　あの頃、そういうよみうりが出ていたんですか」

冬伯は、顔から血が引くのを感じていた。

「当時、私はまだ若くて。師を亡くした上、寺を保てなくなり、余裕など無くなっていた」

己が明日から、どこで暮らすかすら、分からなくなっていったのだ。よみうりのことなど、気にすることは出来なかった。

あげく、誰がどう間を取り持ったものか、知らない相場師の元で、雑用をこなすことが決まり、浅草の寺を離れ、一旦神田へ移った。

そしてその後、相場師と共に何度か引っ越しをし、その間の寺町の様子は、耳に届いていなかったのだ。

すると玄泉が、急ぎ、一杯の茶を差し出してくれた。思い切りがぶりと飲んで、熱さにむせかえり、何故だか震えてくる。

おかみは、そんな冬伯の顔を見てから、先を続けた。

「よみうりには、人殺しを誤魔化す為に、土葬は止めて、住職を、大急ぎで火葬にしたとも書いてあったとか」

「火葬？　ああ、そうだね。師僧は確か、火葬にしたと思う」

冬伯は、昔を思い出しつつ、つぶやく。

よみうりは紙一枚の木版刷りで、絵はなかったようだ。ただ人殺しの一言と、土葬と火葬の字が並んでいたので、八仙花の客は、忘れられずにいたらしい。

するとここで、玄泉が不意に、話に加わってきた。よみうりに並んだ二つの弔いのことで、分からないことがあると言ったのだ。

「冬伯様、先の住職が亡くなられた時、東京に、火葬禁止令は出ておりましたっけ？」

若くとも玄泉は僧であったから、そういう話には、詳しかった。明治になった後、土葬を常とする神道派の意見を聞き、政府が一時、火葬を禁じたことがあったのだ。

しかし墓地が不足してしまい、二年程で、禁止令は廃止されている。

だが冬伯は、直ぐに首を横に振った。

「前の東春寺が廃寺になったのは、維新後、四年程のことだ。火葬禁止令が出たのは、そう、明治の六年頃だったと思ったが」

前住職が亡くなった時、東京には、火葬禁止令は出ていなかった筈で、それに代わることをした覚えは無い。そもそも東春寺の墓所は、そう大きくない。やはり土葬を行った覚えはないと、冬伯は口にした。

「なのに、なぜよみうりは、わざわざ土葬という言葉を、火葬と並べたんだろう。不安をあおって、よみうりをたくさん、売りたかったんだろうか」

おかみは、そこは分からないと、首を横に振る。話してくれた客は、よみうりのこと以外は、語っていなかった。よみうりも、その一回きりで、二度と出ることはなかったのだ。

「その私が聞いた、昔の東春寺の話は、これだけです。あの……」

おかみは話を終えると、少し不安げな顔で眼を向けてきた。冬伯が黙ったままでいると、東春寺の来し方を一つ語っただけでは、やはり八仙花を救ってはもらえないかと、段々、膝の方に視線を落としていった。

冬伯はおかみへ顔を向けると、今回の話は承知しておらず、聞かせてもらって、本当にありがたかったと頭を下げた。まさか、住職が殺されたのではないかという言葉を聞かされるとは、冬伯も、思っていなかったのだ。

いや、自分は前々から、師僧が急に亡くなったことについて、疑問を持っていたのかもしれない。だから冬伯は、多くの者から廃寺になった頃の話を、聞き続けてきたのだ。

しかしだ。

「おかみ、感謝してはいるが……だからこそ、おかみのご亭主へ相場を教えるなど、やらない方が良かろうと思っている。本心だ」

「えっ?」

相場のこつを必死に求めていたのに、そう言われても、おかみは納得出来ないに違いない。単に断られたと思ったのか、目に涙を溜めてしまった。

「いや、何と言ったらいいのか……」

冬伯が、次の言葉に困っていると、東春寺の書院で口を開いたのは、驚いたことに玄泉であった。

「おかみ、師僧は本当に、今のお話を聞かせて頂いて、感謝していると思います」

こう見えても弟子であるから、玄泉には師の本気が、分かるという。そして。

「ありがたいと思っているゆえ、師が困っているのも、分かるのです」

理由は簡単だ。

「おかみは先程、堅実に儲ける相場師など、この世にいなければ良いのにと、おっしゃった。ご亭主に、相場で堅く儲けてもらいたいと、お考えなのですよね?」

「ええ、勿論」

「ですが、そもそも相場を語るのに、〝堅実〟とか〝堅く〟やろうと語る点が、間違っております」

玄泉は言い切った。

「相場師は、破産に繋がるかもしれない明日を賭け、伸るか反るかの勝負をするものなんだそうです。しっかり稼ぎたいが、しかし損はしたくない。手堅い相場をしたいといっても、その両方は成り立ちません」

その点は、江戸の頃の米相場時代から、変わっていなかった。

「あの、でも他の相場師方は、冬伯様のことを、大損はしない方だと話されていましたよ。目立たないけれど、堅実な相場をするお方。しかもそれで、寺を買ったんですよね？」

「おかみ、師の堅実さは……無謀を承知で相場を張る、相場師方に比べれば、ましという程度だと思います。ですが師も、しくじったら首をくくる気だった相場を、何度もしてきたと聞いております」

「地味に相場をしていても、そういう思いをするのですか」

おかみが、声をかすれさせている。

冬伯が今も相場を続けているから、玄泉は師の相場師仲間にも会っているし、嫌でもあれこれ耳にしているのだ。それで、冬伯が相場へ行くと言う度、胃の腑を痛くしている。

「東春寺を買い戻した後、師は相場で、伸るか反るかという、大きな勝負には出ておりません。私に何度も、無理をするなと言われ続けているから、稼ぎは少ないですよ」

だが八仙花の主が、大きな料理屋を支えるほど稼ごうと思っているのなら、相場で張る額は大きくなる。

「でないと、十分稼げません。つまり、しくじった時、損する額も大きくなる。下手をしたら相場取引が、八仙花を傾けかねない」

玄泉の目が、真っ直ぐにおかみを見つめた。

「だから師僧は、自分が余分なことをしたくないと、言ったのだと思います」

だが、先程おかみ自身が口にしたように、儲けたい人の耳目は、都合の悪い話を拾わないのだ。

おかみはしばらく黙っていたが、その内眉間に皺(しわ)を寄せ、ゆっくりと首を横に振った。

「それで冬伯様は、困っておいでなのね。やっと、納得しました」

一つ息を吐くと、本当に苦しげな顔つきになった後、冬伯を見た。

「私は今日東春寺へ、料理屋の明日を賭けた、勝負に来たんです。ええ、相場の大勝負と似てますね」

相手は相場師、冬伯のつもりだったが、今考えると、少し違ったようだと言う。

「私は亭主に、稼げるようになってもらいたかったんだわ」

けれど。

「その勝負に負けたみたいです」

声が、しわがれている。おかみは、己を笑うように続けた。

「それにしても私ときたら、いつの間に亭主を、頼るようになっていたんでしょう。若い頃は、女だてらに店を動かせることが、本当に嬉しかったのに」

おかみが八仙花を切り回し、利益を出すと、亭主はおかみと張り合おうとせず、さっさと道楽に走った。あの時おかみは、これからも自分が店をやっていけると、それを喜んだ。

「なのに今は、八仙花が重い。これが、歳を取るってことなのかしら」

冬伯は、疲れた様子のおかみへ、柔らかい言葉を掛ける。

「おかみはまだ若い。ただ、そろそろご亭主と一緒に、店を切り盛りしたくなっただけでしょう。夫婦なんだ。それもいいでしょう」

「冬伯様は、相場で稼いでおいでとは、思えないお人柄ですよね。今日は、勝手に勝負を挑みまして、失礼をしました」

おかみが、うつむきながら、苦笑を浮かべた。

「私、今、相場で失敗した人のようですわね。冬伯様、しくじったことがおありなら、その時、どう過ごしたらいいか、お教え願えませんか」

正直に言うと、涙が浮かんで来そうだと、おかみが言う。すると冬伯が優しげな顔になり、そういう時の為に、良きやり方があると言い出した。

「おかみは私が求めていた、亡き師僧の話を、聞かせて下さったんです。私も何とか八仙花の為に、力をお貸ししたい」

「えっ？」

相場を習うのは、無理だと言われたばかりだったから、おかみが怪訝な表情を浮かべている。すると冬伯は、おかみの一の目的は、相場で儲けることではなく、八仙花を立ち直らせることの筈だと言い出した。

「それは……そうですが」

「モダンとは、程遠い思いつきですが。でも一度、私の思いつきを、聞いて下さい」

先程おかみが、八仙花に幽霊が出たと聞いた時、冬伯は面白いと思ったのだ。

「いえ、幽霊が好きという訳ではありません。そうですね、相場で言うと、これは金に化けそうだという気が、したといいましょうか」

「幽霊が、お金に化けるのですか?」

それは考えたことが無かったようで、おかみは目を丸くしている。そして、涙はあっという間に、乾いていくように見えた。

「冬伯様、思いつきを聞かせて下さいませ」

おかみが座り直し、玄泉は急ぎ、茶を淹れ直す。冬伯はゆっくり、考えを語り出した。

5

しばらくして、東春寺の僧二人に、八仙花のおかみから手紙が届いた。それは、話を聞かせてもらった礼と、その後、八仙花がどうなっているかの、知らせだった。

手紙というより、江戸の巻物のように、長く連なる紙を見て、書きたいことが山とあったようだと、冬伯は笑った。そして、弟子に長い長い手紙を見せる。

「おかみは私の考えを、受け入れてくれたようだ。だが、思いの外のことも起きたみたいだね」

冬伯が言うと、長い手紙を、傍らから読んでいた玄泉が頷く。

〝冬伯様、先日は話を聞いて頂き、ありがとうございました。おかげさまで、八仙花を続けていける希望が出てまいりました。ずっと店をやっていけるよう、私は亭主と、頑張っていく所存です〟

おかみの手紙には、家の皆と戦ったことが書いてあったが、文は明るさに満ちている。気丈なおかみは日々、新しい明治の世で、勝負を続けていた。

あの日、東春寺から帰宅後、八仙花のおかみは、亭主と息子夫婦を、家の居間に集めた。そしてそこで、これからの八仙花をどうするか、話し合うことにしたのだ。

ただ、モダンを諦め、冬伯の案をやってみたいと告げれば、一悶着(ひともんちゃく)あるだろうとは考えていた。

「お前さん、喜一、お嫁さん、忙しいのに、昼間から来てくれて、ありがとうね。今日は皆に、聞いてもらいたいことがあるの」

おかみは包み隠さず、住職が相場師をしているという東春寺へ行き、亭主へ相場の指導を頼んだと告げた。

「冬伯様といわれるご住職は、堅実な相場をするという噂でしたの。お前さんも、話は聞いたことが、ありますわよね？」

「おおっ、お前、そんなことをしてくれてたのかい。いや、嬉しいね」

亭主は素直に喜んだが、おかみは首を横に振った。相場は水ものであり、堅実を目指しているなら、八仙花を支える稼ぎは無理だと、おかみははっきり言われてしまったのだ。

「あ、駄目だったのか」

「お前さん、その代わりにですね、冬伯様から、面白い提案を受けましたの」

冬伯は、おかみの一番の望みは、亭主が相場師になることではなかろうと言ったのだ。八仙花がずっと、モダンであり続けることでもない。

「もちろん、料理屋八仙花が続くことです」

それが叶うなら、亭主が道楽者であり続けても、八仙花で幽霊が出続けても構わないと、おかみはあけすけに言ってみた。皆が苦笑を浮かべて頷くと、ならば提案があると、おかみは早々に切り出した。

「お前さんが、相場で儲けることが無理なら、八仙花には、別の金儲けの手段が必要です」

そして冬伯は一つ具体的に、そのやり方を示してくれた。

「先だって、八仙花に幽霊が出ると、騒ぎになったわよね？　あれが、使えるとおっしゃったの」

幽霊が料理屋に出たら、広告を打った訳でもないのに、客が来た。そこを、もっと伸ばしてみるのはどうかと言われたのだ。

「えっ？　おっかさん、八仙花を、幽霊宿にすると言うんですか？」

「冬伯様は、料理屋で、怪談の会を開いたらどうかと、提案されました。百物語や妖怪の話は、江戸の頃からずっと、皆が楽しんできた話です」

明治になり、夜でもアーク灯の光が道に輝き、部屋内はランプで明るい。だが、それでも夜、街そのものが明るくなった訳ではなかった。いや、強い明かりがある分、影になった所の闇は深い。

何かがその中に潜んでいると言われると、思わず闇へ目を向けてしまうほどだ。暗さの中には、江戸の頃と変わらない恐怖が確かにあった。

すると長男の嫁が、静かに目を見開いた。

「お義母様、それは新しい考えですね」

これから八仙花を新しくしても、料理屋は月日と共に、いつか古くなってしまう。だが、八仙花の売りを、最初から古いものにしておけば、古さが重なるだけであった。

「ただ、百物語は前からあります。それが今更、評判を取るでしょうか」

おかみは嫁へ、冬伯の言葉を語った。

「御坊は、幽霊の話を聞いた客が、どうして八仙花へ向かったかを、私に問われました。それは勿論、怪しい姿を一目、見たかったからですよね？」

怪が、求められているのだ。

「でもお前、幽霊はいつも、八仙花に出てくれる訳じゃ、あるまい」

最近まで、幽霊の話など聞かなかったと、主が言う。すると、おかみは頷いた。

「だから、私達が幽霊を出すんですよ。そんなことをしたら、仕組んだ見世物だと言われてしまうって？　そのことは勿論、冬伯様も考えてました」

仕組めば客に分かる。ならば最初から、八仙花で起きる怪異は作り事だと、客へ伝えておけばいいと、僧は言ったのだ。

「ただしそれは、実際に起こった怪異の、実話の再現。そう売り込めと、言われたんですよ」

「何と」

この考えは無かったようで、おかみの前に並んだ家の皆は、寸の間声を失った。

「まずは夜、八仙花で客達に、昔のままの百物語、怪談などをしてもらうんです」

その場で初めて話す怪談であっても、そういう怪談は昔から、様式が決まっている。何人かが話せば、どこかで聞いたような話が、混じっているに違いない。そこで。

「突然ランプの光を暗くし、客の話に沿った幽霊など、出してみるんですよ」

不意に、髪を振り乱したおなごが、客の背後に立つ。

すっと襖(ふすま)が細く開き、信じられない程大きな目が、部屋を覗(のぞ)き込んでくる。

ランプの明かりが揺れたと思ったら、気味の悪い何かが、明かりへ覆い被さっていく。

座で、今日は何も起きなかったと、安心して部屋から出ようとしたら、細く開いた障子戸の隙間から、手が出て、客の足を摑む。

「薄暗い中で不意にやられたら、役者の仕業と分かっていても、きっと悲鳴の一つも、上げます」

「おお、嫌だっ。怖い」

頭に思い描いたのか、喜一や嫁は、ぶるりと身を震わせる。だが嫁の方はその後、真っ先に、大きく頷いた。

「実話再現！　面白そうですわ。こういうたぐいの怪異が八仙花であったと言って、百物語の席で再現して見せる。そういう趣向なら、偽物とは言われないわ」

そして百物語を語る薄闇の中、突然怪異が現れるというのは、知らされていても、心の臓を煽るものに違いなかった。まるで己も、芝居を演じる一人になったかのようで、客は楽しんでくれるだろう。

「お義母様、それ、お客に受けます！　ええ、間違いないわっ」

頷くと、おかみは更に、もう一つ提案を重ねた。冬伯は、実話再現の怪談は、闇を味方に出来ない昼間、行うのが難しいと言ったのだ。

「昼間には別の売りも、欲しいですね」

そしてそれは、おかみたちが考えて欲しいと言ってきた。人に言われたまま動くのでは、つまらないからと、住職は笑っていた。

「冬伯様とやらは、さすがは相場師と言おうか。商人になれそうだね」

主の、その言葉を聞き、おかみは笑った。その後息子は、変な住職だと言っただけだったが、嫁は違った。

「お義母様、こんな案は、いかがでしょう」

嫁はここで、庭を変えてみてはどうかと口にした。嫁の里近くにある寺が、実に美しい庭を造っているという。

「そちらの住職は寺の庭に、山と花を植えました。寺を、近在でも有名な、花の寺にしたんです」

優しい御坊で、気に入ったら、誰でも真似ていいと言っていたらしい。

「だから八仙花が同じような庭を造っても、怒ったりしないでしょう」

「それは良いわね。他にも案が出ても、花は邪魔にならないわ」

そちらの話にも頷き、料理屋八仙花は、モダンから離れ、先へ進んで行くことになったのだ。亭主は、もう相場師として稼がなくとも良さそうだと言い、少々残念そうだったが、安堵したようにも見えた。

一方息子は、最初に幽霊話を仕掛けたように、芝居っけのあることが、元々好きであった。おかみが、これからも嫁と一緒に、怪異の芝居をして欲しいと言うと、ばれてましたかと、息子は舌を出した。

「やっぱり八仙花の幽霊は、お前と嫁の仕業だったのね」

おかみの推察は、当たっていたようであった。

ところが。ここで、考えの外のことが起きた。世の中は、思いもしなかったことが起きるものなのだ。

気が付くと、居間で大人しく座っていた嫁が、氷のような目つきで、夫である跡取り息子を見ていた。おかみが、もしやと思って慌てた時、嫁は息子へ問うていた。

「八仙花で幽霊騒ぎがあったことは、私も承知しております。けれどそれは、お前様がやったお芝居だったのですか？　お義母様が、私も芝居に加わっていたと言われましたが、とんと存じません」

そういえば、幽霊はおなごであった。となると、そのおなごは、どこの誰なのだろうか。

「金が無いから、私の持参金を使わせて欲しい。お前様はずっと言い続けてます」

つまり余分な金は無かろうから、幽霊騒ぎに、玄人(くろうと)の役者を雇ったとも思えない。そして余程親しいおなごでないと、店の評判が掛かった芝居を、頼むことなど出来ないだろう。

嫁の目が、喜一を見据える。

「幽霊役のおなご、お前様の〝妾(めかけ)〟ですね？」

「ち、違うっ。そんな筈ないだろ？　ただちょっと縁があった女に、芝居を頼んだだけ……」

「問答無用っ」

そう言い放つと、嫁は脇に置いてあったお盆を手に取り、見事な手さばきで夫の頭に、それを振り下ろした。ぼこんと間抜けな音が響き、息子が悲鳴を上げたところへ、二発目が振り下ろされる。

　息子はまた悲鳴を上げ、こんな恐ろしいおなごは、離縁すると言い出した。しかし嫁は怯(ひる)まない。

「私を離縁出来るものなら、してごらんなさい。駄目だと言いましたのに、お前様は私の持参金、少しずつ使ってしまっているでしょ」

　金がない男は離縁も出来ないと、嫁は言い放った。そして、ここに長刀(なぎなた)がなくて幸いだ、自分は女学校で、長刀の名手と言われていたと口にしたのだ。

「手に長刀があったら、首を刎(は)ねてあげましたのに！」

　情けなくも、息子の負けが決まった。

「ひいっ、ごめんよ。もうあのおなごとは、会わないから。ただの、気の迷いだったんだ」

　息子はお盆から逃れ、父親の後ろへ逃げてしまったのだ。その情けない姿を見たおかみは、直ぐに事情を悟った。その上で、毅然(きぜん)として立っている嫁の姿を見て、おかみは深く思い至った。

「ああ、分かったわ。はっきりした！」

　思いも寄らないことが、確信と共に思い浮かんでいた。

「でも、間違いないわ。ええ、そうですとも」

　いつか八仙花を、任せるべき者は誰なのか。

「嫁の方がいいみたいね」

「えっ？」

亭主が驚き、息子は情けない声を上げたが、おかみの知ったことではない。息子は虎の子の金、嫁の持参金に手を付けたあげく、店をモダンにするより先に、おなごにつぎ込んでいたのだ。これでは期待するなど、無理というものであった。

「そういえばお嫁さんは……いいえ、花江さんは、女学校の成績が凄く良かったわね。なら店の帳簿つけも、直ぐに覚えるわ」

先々、八仙花を背負う立場となるため、色々教えねばならない。頑張って欲しいと、おかみは言ってみた。

「花江さんなら、きっと出来る。いえ、その言い方は違う。花江さんこそ私の次に、八仙花を背負って立つ人だと思う。息子じゃ、足りないわ」

真剣に考えて欲しいと本気で言うと、花江はしばし目を見開いていた。だが、じきに頬を赤くし、ゆっくりと頷く。そして、華やかに笑い出した。

「お義母様、私でいいんでしょうか」

「花江さんでなきゃ、駄目なのよ。八仙花の明日が、掛かっているんですもの」

おかみはこの時、八仙花に必要であったのは、モダンな店ではないと心底思った。正直に言えば、冬伯が考え出してくれた、実話再現の怪異ですらないと思う。

長く商いを続けていれば、やがて困る日も来る。その時、自分の力で危機を乗り越えていける、力のある跡取りこそ、何より必要であったのだ。

息子は納得出来かねるようで、文句をおかみ達へ向けてくる。だが、居間で息子の言葉を止めたのは、何と道楽亭主であった。

「お前さ、嫁の持参金を妾へ使った後で、文句を言っても始まらないよ。自分の方が、八仙花の跡取りに相応しいと思うんなら、実話再現で儲けてみなさい」

どのみち表向きは、息子が継ぐのだ。実力が伴えば、息子が店を動かしていると、誰もが認めるに違いない。使い込んだ嫁の持参金も、元に戻せるというものであった。

「ただささ、私はおかみに店を預けた後、道楽に走っちまった。だってねえ、その方が随分楽で、楽しかったんだもの」

お前は踏ん張れるかなと主が言うと、息子は早くも顔を畳へ向けている。

とにかくこれで、料理屋八仙花が目指す先は決まり、居間に集った四人は、これから何を行い、どう儲けていくか話し合ったのだ。

もう、八仙花建て替えの話など、誰も口にすることはなかった。


おかみの手紙は、その後のことも伝えていた。

〝冬伯様が考えて下さった百物語、第一回の実話再現を、先日早々に行いました。まずは馴染みのお客さんに来て頂き、お試しという形でやってみたんです〟

すると客達は、起きると分かっていた怪異に驚き、大いに評判が良かった。八仙花は無事に明日へ、一歩足を踏み出すことが出来たのだ。

〝それと、もう一つお知らせが、ございました。八仙花の庭のことでございます〟

花江の、知り合いの寺へ行ってみると、住職は庭を見せてくれた。そこは、山のようなあじさいで埋まり、それは美しかったのだ。

あじさいは、挿し木が容易(たやす)い。そして八仙花の庭には、既にあじさいが幾らか植わっている。それを山と増やせば、余り金を掛けず、庭を造り替えることが出来そうだ。

〝ただ、今は実話再現の怪談でも忙しい上、花江さんには、他にも仕事が出来ました〟

それで庭の方は、おかみと亭主の二人で、造っていこうと決めたという。庭だけとはいえ、夫婦二人で一緒に何かをやるのは、初めてであった。

〝息子がこの先、どう商いに関わっていくか、今も少々不安です。でも花江さんが付いていれば、あの子も上手くやってくれるでしょう。ええ、八仙花からようよう、暗い様子が抜けてきました〟

相場をやっているという御坊の噂を耳にし、東春寺を訪ねて本当に良かった。これからも挨拶に伺わせて頂きますと、おかみは礼の言葉と共に、手紙を結んでいた。

そして最後に、東春寺の先代のことを、また耳にしたら、直ぐに知らせると書き加えてくれてもいた。

冬伯は手紙から顔を上げると、弟子玄泉へ、笑みを向ける。

「相場師を求めて来たおかみは、八仙花の跡取りを得たか。うん、今回の相談事は、面白い結びとなったね」

笑う冬伯へ、玄泉は、そろそろ師も明日へ踏み出し、相場師の方を辞めてはどうかと声を掛けてくる。だが冬伯は、直ぐにうんとは言えなかった。

「寺を続けていけないよ。南瓜(かぼちゃ)一つ買うにも、困ることになってしまう」

「冬伯様、ここで何で、南瓜が出てくるんですか？　はぐらかすような言い方をしていると、詐欺師みたいだと言われてしまいますよ」

それでなくとも相場師には、胡散臭(うさんくさ)い評判がつきまとっているのにと、お堅い弟子は口にする。冬伯は笑うと、表から聞こえてきた声の方に目を向けた。

「おやあの声は、いつもの前栽(せんざい)売りだ。今の時期なら南瓜を売ってる。煮付けて今晩食べよう」

「はい。でも何だか、師に誤魔化されたような」

玄泉は銭を確かめると、急ぎ山門の方へ駆けてゆく。部屋に残った冬伯は、おかみから届いた手紙を、もう一度見た後、柔らかく笑った。

「世の中、万事新しい。でもね」

一番必要なのは、今様の品ではなく、新しい日々へ進む力なのだろう。じき、玄泉が南瓜を抱え戻って来たので、冬伯は江戸の昔と同じように、台所へ向かうと、鍋を手に取った。

維新と息子

1

神道を、仏教と分けた廃仏毀釈の波は、明治となった東京の地にもやって来た。しかし多くの寺が無くなった西国とは違い、浅草の寺町にあった数多の寺は、明治の世、ほとんどが残っていた。

なのにその中で、住職が亡くなり、廃寺となった東春寺は、却って目立った。寺は檀家もいなくなり、墓すら他へ移されて、訪れる人もいないほど荒れてしまったのだ。

その寺を、明治も二十年近く経ってから買い、建て直したのが、今の住職冬伯であった。

もっともこの新たな寺には、他に弟子の玄泉がいるばかりで、今も人の出入りは少ない。しかし暇な冬伯が、誰の悩みも分け隔てなく聞いているからか、檀家以外の者が、少しずつ寺を訪れるようになっていた。

特に、料理屋八仙花のおかみは、冬伯に相談し、店を立て直して以来、東春寺へまめに顔を出してくる。料理屋ゆえ、惣菜や菓子を手土産にしてくれるので、坊主としては、大変ありがたい客だ。ただ最近は、やたらと自慢話が多いのが、玉に瑕であった。

今日もおかみは奥の間で、持参した重箱入りの料理と、伴った知人そっちのけにし、まず、八仙花について語っていた。

「冬伯様、聞いて下さいな。御坊が、やるよう勧めて下さった、怪談の実話再現芝居ですが。最近益々、評判を得てますのよ」

八仙花は今、こんな怪異が本当にあったという話を、芝居仕立てにして、宴席の客を怖がらせていた。趣向が新しかったからか評判を呼び、新聞の記事にもなった。すると、それを読んだお客が八仙花に押しかけて来て、料理屋は連日大忙しなのだそうだ。

「今は、牡丹灯籠のような怪談を始め、三つの実話再現をやってますの。うちの嫁、奇麗で怖いお化粧が、上手くなりましたのよ」

人が足りないので家の皆も、実話再現の役者として、加わっているらしい。すると、いつも褒め言葉を欠かさない住職冬伯は、今日もおかみを盛大に褒めた。

「八仙花は見事に、危機を乗り越えましたね。おかみ、演じるようになったせいか、今日は一段とお奇麗だ」

「あら、御坊ったら、よい歳をしたおなごを、からかっちゃいけませんわ」

ほほほと笑うおかみは、まんざらでもない顔をして、上機嫌だ。それから、亭主と仲良く料理屋の庭を造っている話や、来年、祖母になることを付け加えた後、おかみは重箱を差し出し、次にようよう、客人を紹介してきた。

「御坊、こちらは私の息子、喜一のお友達ですの。うちの料理屋のお客様、北新屋さんの跡取りで、昌太郎さんといいます」

八仙花を訪れた昌太郎は、おかみが東春寺の住職から助言をもらい、店が助かったと知ると、大層羨ましがった。そして自分も是非、御坊を紹介して欲しいと願ってきたのだ。

「北新屋さんは、江戸の頃から紅を商っておられる老舗です。そして昌太郎さんの奥さん、お加乃さんの父御は、上野の顔役なんです。冬伯様、縁が出来たら、寺をもり立てて下さるかもしれませんよ」

「おお、この冬伯でよろしければ、喜んで話を聞きましょう」

あっさり承知すると、冬伯の横で玄泉が、身を固くした。維新前からある北新屋には、他に檀那寺がある筈だ。つまり、日頃付き合いのある御坊は他にいるのだ。

（なのに昌太郎さんは、なぜ私と、話がしたいのかね）

玄泉は、話に厄介事が絡んでいると思ったに違いない。だが冬伯は、その危惧を表には出さず、話を促した。

すると、昌太郎が語り始める前に、おかみがすっと立ち上がる。

「昌太郎さんは八仙花で、ご自分の悩みを口にされませんでした。多分、顔見知りの者には、言いづらいお話なんでしょう。私は聞かず、帰ることにいたします」

冬伯が、にこりと笑った。

「おかみは、気配りも素晴らしいですね。さすが長きにわたって、店を支えてきた方だ」

「ほほ、昌太郎さんの舅、新堀さんは、怖い方でして。でも頼りになる方でもあるんで、ここで昌太郎さんのお役に立って、親しくなりたいんですよ」

玄泉が、おかみを表へ送ってゆく。若い昌太郎はその後ろ姿を目で追うと、八仙花のおかみは義理堅いお人だから、その内、義父を紹介しましょうと言い、笑った。

「八仙花の跡取り、喜一も良い奴で、いつも話を聞いてもらってます。来年、私らは揃って親になります。男の子と女の子が生まれたら、夫婦にしたいくらいですよ」

「おや、その喜一さんに聞いてもらっても、悩みは解決してないんですね。お宅の檀那寺の僧も、話を伺うと思うのですが」

「馴染みの御坊へ話しますと、北新屋の親へ伝わりかねません。それは拙いので」

「ほう、親御へ言えぬ話とは何でしょうか」

冬伯が上座で首を傾げると、昌太郎は顔を少し赤くしてから、それでもすぱりと言ってきた。

「冬伯様、その……実の親が誰なのか、分かる方法はございましょうか」

例えば帝国大学の偉い先生とかなら、誰が誰の子なのか、人から教えられなくとも分かるだろうか。昌太郎は大真面目な顔で、それを問うてきたのだ。

「私は一体、誰なんでしょう。私はそのことを、何としても知りたいんです」

「えっ？　昌太郎さんは、昌太郎さんでしょうに」

「冬伯様、母の与志江は、自分が産んだ子なのかどうか、私をずっと疑っております」

「……ずっと?」

　その一言で冬伯は、重箱と共にやって来た相談が、とんでもなく重いものだと悟った。

　昌太郎によると、まだ小さな子供の頃、母親から直に、お前は自分の実子なのかと、問われたことがあったらしい。

「祖母が生きていた時のことで。女中から話を耳にした祖母は、跡取り息子に何を言うのかと、かんかんに怒りました。母を怒鳴りつけ、里へ帰すと言い出しました」

　細かいことは覚えていないが、父が間に入って母を窘め、事を収めた。話を蒸し返したら、それこそ母は、家を追われかねなかったのだ。

「家の当主はまだ、祖父でしたから」

　冬伯は、戸惑うようにつぶやく。

「その……親御のことを、とやこう言うのは何ですが。よくぞまあ、そんなことを、子供へ問えたもんですね」

　冬伯は己の眉間に、くっきり皺が寄るのを感じていた。

　親から、我が子かどうか分からないと言われた子が、どんな思いを抱くのか、母親は考えなかったのだろうか。第一、何を問うたところで、子供に自分の出自を知る術が、ある筈もないのだ。

　明治になり、西洋の新しき物が山と入って来てはいる。だが冬伯は、親子を見分ける機械や薬を、見たことなどなかった。

ここでふと気になり、冬伯は、二十歳(はたち)を過ぎているだろう昌太郎へ問う。

「その、小さかった頃、親御から疑われて以来ずっと、素性を見つける方法を、探し続けているのですか？」

するると昌太郎は、首を横に振る。子供の頃は、自分が誰なのかを考えることすら怖くて、その疑いから逃げていたという。

だが最近、事情が変わった。昌太郎は、逃げる訳には、いかなくなったのだ。

「体を壊していた祖父が生きている内にと、私は先年、加乃を嫁に取り、子が生まれることになりました。ほっとしたのか、その後祖父母が続けて亡くなりまして」

すると北新屋のおかみとなった母親が、また、あの忘れられない言葉を口にしたのだ。今度は自分ではなく、一緒にいた昌太郎の妻、加乃へ言葉を向けた。

「加乃のお腹の子は、北新屋の、本物の孫なのだろうか。母はそう言ったんです」

貞操を疑われたと思ったのか、加乃が取り乱したので、昌太郎は告げていなかった事情を、妻へ語ることになった。まさか夫が親から、実子かどうか疑われているとは、思っていなかったようで。紅屋北新屋の跡取りへ嫁いだ筈の加乃は、呆然(ぼうぜん)として、口数が少なくなっているという。

昌太郎は、両の拳を握りしめて言った。

「このままでは生まれてきた子が、いつか、私と同じ思いを抱えてしまいます。母はきっと、お前は本物の孫なのかと、私の子にも言うでしょう。そのことを知ったら、義父の新堀は妻と子を、里方へ引き取ってしまいます」

それに気が付いた日から、昌太郎は何とか真実を摑めないか、必死に動き始めたのだ。方法は思い浮かばないが、己が何者か、知らねばならないという。

「是非、子が生まれる前に、本当のことを知りたいのです。もし生まれた子を見ても、母が抱きもしなかったら。妻の加乃はやはり、里へ帰ってしまう気がします」

長年、親と馴染めずにいた昌太郎は、妻子まで失いたくはないのだ。絶対に嫌だという。

「冬伯様、妙なことを願っているのは承知です。ですが、生まれてくる赤子の為と思って、力を貸して頂きたい」

冬伯は、直ぐに返事など出来なかった。まだ何も知らないお腹の子より、幼い頃からずっと苦しみ続けてきた昌太郎こそ、哀れだと思ったが、それでも安請け合いは無理であった。

(さて、大変なことになった。どう返事をしたらいいのだ？　出産時に一体何があったんだ？　子の親が誰なのか、どうやったら確かめられるというんだろう)

東春寺を買い戻す為、冬伯は僧の身で相場師を続け、時に、破産の危うさに直面してきた。持ち金全てを失ったら、首吊りしかないかと思った日もあったのだ。

しかし相場では今日のように、総身から冷や汗が流れるような思いなど、したことはなかったと思う。

(何も思いつかない。頭が真っ白になったのは……師が亡くなった時、以来だ)

冬伯は東春寺の奥の間で、しばし黙り込んでしまった。

弟子の玄泉が部屋へ帰って来たのは、昌太郎が帰った、少し後のことだった。冬伯が、力添え出来るよう考えるとだけ告げると、今日は帰ると、昌太郎は堂から出て行ったのだ。

門近くで、玄泉と話し込んでいた八仙花のおかみは、昌太郎を見かけると話を切り上げ、共に帰っていったという。

冬伯は火鉢の傍らで、少し首を傾げた。

「玄泉にしては珍しく、長く客人と話していたね。おかみがまた、自慢話でも始めたのかい？」

「いいえ。おかみさんは、昌太郎さんの前では話せなかったからと、門近くで、北新屋の昔話を始めたんです。昌太郎さんの相談事は、自分の生まれのことだろうと言ってました。息子さんが、何度か相談を受けているそうです」

「おかみが考えたとおりだ。昌太郎さんは、自分が親の実子かどうか、悩んでる」

冬伯が溜息を漏らすと、大変な悩みがやって来ましたねと玄泉がつぶやく。玄泉は急須を手に取ると、茶を淹れ直しつつ、八仙花のおかみの言葉を伝えてきた。

「実は、昌太郎さんが生まれた時、北新屋でどんな騒動があったか、上野辺りの商人は結構知ってるんだそうです。だからその顚末を隠さず、私どもにも話しておいた方が良かろうと、おかみは考えたようで」

冬伯は、茶を淹れてくれている弟子を、呆然と見ることになった。

「内々の話だと思うんだが。何でそんな話を、他人が承知しているんだ？」

「昌太郎さんが生まれた時、北新屋の奥に、多くの人がいたからなんです」

茶を師の前に置くと、玄泉は居住まいを正してから、続きを語り出した。


北新屋の若おかみ与志江は、維新まで後何年かという年の春、初めての子を産もうとしていた。産婆が呼ばれ、奥の部屋では女達が湯を沸かして、赤子を迎える支度をしていたのだ。

するとその日、顔見知りの小間物屋が、大きなお腹を抱えた妻と、店へ飛び込んできた。生まれるまで、まだ一月以上ある筈なのに、お参りの途中、早産になったという。

今にも生まれそうで、店へ連れて帰る余裕などなかった。

「お産の時、亡くなる方は結構おられます。早産なら、更に危うい。小間物屋井十屋さんは、妻のマサさんを助けて欲しいと、北新屋へ頭を下げたそうです」

ちょうど産婆が来ていたので、二人の妊婦が、北新屋でお産をすることになった。どちらの子も生まれたが、お産は無事では済まなかった。

井十屋のマサは、その時の早産で、亡くなってしまったのだ。

「与志江さんは、先に産んだマサさんが亡くなったのを知って、取り乱していたそうです」

おかみが亡くなったので、井十屋から身内が来て、北新屋の奥は、更に慌ただしくなった。

それで後に、奥の話が外へ伝わることになったのだ。

「とにかくご遺体は、戸板に乗せ運び出しました。ですが、生まれたばかりの赤子をどうするか、困ったんです」

井十屋では、これから葬儀と、野辺送りをしなくてはならなかったが、既に先代夫婦はおらず、人手が足りない。慌ただしい中、赤子へ、小まめに乳を飲ませてくれる人も、見つからない。仕方なく、赤子を産んだばかりの与志江が、息子と一緒に、しばらく乳を与えることになった。

産後直ぐのことで、二人に乳を飲ませる若おかみは、酷く疲れていたという。二人の赤子の世話は、大おかみや、北新屋の者がやったのだ。

「与志江さんはしばらく寝た後、赤子達にまた乳をやろうとしました。その時ちょうど大おかみが、赤子の昌太郎さんを抱いていたそうです」

2

井十屋の赤子も身内が抱え、与志江の側にいた。そしてここで、後々まで引きずり、今もまだ、どうにもならないでいる騒動が、起きてしまったという。

大おかみが、抱えていた赤子を差し出すと、与志江が首を傾げた。

「あら、今回は井十屋の坊から先に、乳をあげるんですか？」

途端、大おかみが眉を顰めたという。

「何を言ってるの。この子が与志江さんの息子、昌太郎じゃないか」

私の可愛い孫だと、大おかみが言い切った。しかし与志江は、傍らにいたもう一人の赤子へ目を向けると、からかっては嫌だと、大真面目に言ったらしい。

「井十屋の坊は、早産で生まれた子で、小さいもの。見間違えたりしませんよ。お義母さん、私を試してるんですか」

いつものように、我が子から乳をやりたいと、与志江が、小間物屋の身内へ手を伸ばしたものだから、大おかみが顔色を変えた。そして、大声が店奥に響いた。

「与志江さん、お産の疲れで、どうかしちまったのかい。自分の子が、どうして分からないの。北新屋の跡取り昌太郎は、私が抱いている子だよっ」

「えっ、だって……だって私の昌太郎は、その子じゃありませんっ」

どちらが北新屋の子なのか、という話になった。双方引かず、それこそ大騒ぎが起こったらしい。与志江の夫が奥へ飛んで来て、何とかその場を収めたが、それまで上手くやっていた姑と嫁は、その日を限りに、険悪な関わりとなった。

そして井十屋は、世話になった上、騒ぎの元となって申し訳ないと、大急ぎで赤子を引き取り、北新屋から消えたという。

「冬伯様、どちらの赤子が北新屋に残ったのか、聞かれるんですか？　そりゃ大おかみが抱いていた赤子、昌太郎さんの方ですよ」

赤子の世話は、大おかみ達が引き受けていたのだ。出産を終え、疲れて寝ていた与志江の言葉より、ずっと赤子と一緒にいた大おかみの言葉が正しいと、当主が決めた。誰もそれに、異は唱えなかったのだ。

ただ、滅多にない騒ぎだったから、北新屋奥での事は余所へ伝わった。八仙花のおかみだけでなく、当時、かなり多くが騒動を耳にしたようだと、玄泉は口にする。

「八仙花のおかみさん、昌太郎さんが気の毒だって言ってました。与志江さんが、総領息子を可愛がっていないことは、多くの人が知っていることだそうです」

それでも、北新屋の先代が生きている内は、昌太郎が跡取り息子であり、それは揺るがなかったのだ。しかし。

「最近、代替わりしました。父親は妻の考えに、引きずられているみたいです。師僧、昌太郎さんはこの先、どうなるんでしょう」

冬伯が弟子以外、誰もいない御堂で考え込む。こういう時、東春寺に檀家がおらず、暇なことがありがたかった。

「玄泉、北新屋さんに、他に子供はいるのかい？　昌太郎さんに兄弟は？」

「妹さんが二人いたと、八仙花のおかみさんが言ってました。ですが明治十年、虎列刺病が流行った時、二人ともうつって亡くなったそうです」

虎列刺が流行った年まで、直ぐに口から出て来るということは、八仙花のおかみは、北新屋の騒ぎに興味津々なのだろう。

「となると今、与志江おかみの子は、〝昌太郎〟さん、だけってことか。おかみはこの先、我が子を求め続けるだろうな。そして確かな答えなど、出はしないんだ。厄介だな」

ただ冬伯は、この話を放り出してしまう気にも、なれないでいる。昌太郎は長く苦しんできた。更にこの先、妻に去られかねない。生まれてくる赤子とて、その内、己の素性について、とんでもない噂を聞くことになるからだ。

「玄泉、何か打てる手はないかね」

「昌太郎さんが、北新屋の父御と、そっくりだったら良かったんでしょうが。八仙花のおかみ曰く、一目で分かるような、似た親子ではないということです」

すると。ここで冬伯が、弟子の言葉に引っ張られたかのように、顔を上げた。そしてじき、大きく頷いたのだ。

「そうか、昌太郎さんは、父親似じゃないんだな。なら一つ、試してみたいことを思いついた！」

もしかしたら冬伯が動くことで、更なる厄介を、北新屋と昌太郎へもたらすかもしれない。だが運が良ければ、長年の揉め事が、あっさり終わることも、ありえた。

「八仙花のおかみが、全く話さなかったということは、分かっていないんだろう。確かめたいと思う」

玄泉が首を傾げ、何を調べる気かと問うと、冬伯は、ある名を告げようとして……出てこないことに気が付いた。

「おや、私はまだ、その人の名を知らなかったな。仕方がない。八仙花のおかみに聞くとしよう」

　玄泉は、一寸目をしばたたかせた後、師が誰のことを言っているのか、分かったらしい。大きく頷くと、余人のいない東春寺の中で、師弟は久方ぶりに忙しく動き出した。


　冬伯と玄泉は東春寺の堂内で、品川辺りの寺へ、せっせと手紙を書いた。維新の三年前、当時の江戸で生まれ、出産の時、母御のマサを亡くした文吉という者を知らないか、問い合わせることにしたのだ。

　二人は、昌太郎と同じ日に北新屋で生まれた、井十屋の跡取り息子を捜し始めていた。

「与志江おかみが我が子だと思った、井十屋の文吉さんは、いま、どんな面立ちなんだろう。北新屋さんか、井十屋さんのどちらかに、似てるんだろうか」

　冬伯は、北新屋と井十屋の親子二組を、会わせてみてはどうかと、思いついたのだ。

「生まれたばかりの、赤子の頃だとはっきりしなかったろうが、昌太郎さん達は既に大人だ。もしどちらかが親と良く似ていれば、証などなくとも誰の子なのか、皆、納得するんじゃないかね」

　ならば。

「ねえ玄泉、文吉さんの母御、マサさんは亡くなっているが……残った全員を見比べてみるというのは、良き考えだと思わないか？」

すると、冬伯よりもずっと分別のある玄泉が、生真面目な顔で頷いた。

「師僧、そんなことくらい、とうに考えついたお人は、上野にいた筈です。結構多くのお人が、北新屋の揉め事を、承知しているんですから」

だが今まで子と親二組を、一堂に集めたという話は聞かなかった。八仙花のおかみが言わなかったのだから、やったことはないに違いない。

何故だろうと玄泉が首を傾げるので、冬伯が、己の思いつきを語る。

「正直な話、昌太郎さんは、北新屋さん似とは言いがたいからだろう。与志江おかみと、そっくりでもない。つまり二組の親子で集まっても、昌太郎さんの為になるような話には、なりそうもないからだよ」

先代夫婦は、昌太郎を跡取りと認めていたのだ。なのに、その取り決めに横やりを入れるような騒ぎを、誰も望まなかったのだ。

「もし……万に一つ、文吉さんが北新屋さんに似てたり、昌太郎さんが井十屋さんに似ていたら、大騒ぎになるから」

「師僧、ならばこの後、親子二組を引き合わせても、やはり揉め事が起きるんじゃないでしょうか」

頷き、三つ数える程の間、黙った後、冬伯はきっぱり言い切った。

「事がはっきりすれば、皆、先へ進めるよ」

何もしないままだと、何も分からないではないか。玄泉へそう言ってみると、溜息をつかれた。

「そういう性分だから、師は、伸るか反るかの勝負をする、相場師になったんですね。いいです、二組の親子で会ってもいいか、事前に私が昌太郎さんへ、問い合わせます」

「……玄泉が慎重だから、いつも助かってるよ」

「冬伯様。昌太郎さんが躊躇ったら、この話は止めますからね」

ところが、だ。東春寺を訪ねて来た昌太郎は、驚くことに冬伯の思いつきを、やってみたいと言ったのだ。出された湯飲みを手に、井十屋親子と会いたいと言い切った。

「我が子が生まれるまでに、事を終わらせたい。何でもやってみるつもりです」

ただ、ここから話は、思いも掛けない方へ外れた。昌太郎から、どうやったら文吉に会えるだろうかと言われて、師弟は目を丸くしたのだ。

「あの、井十屋さんは近くにある、顔見知りのお店なのでは？　だからおかみのマサさんが、北新屋で出産したんじゃないんですか？」

玄泉が問うと、昌太郎が笑みを浮かべる。

「井十屋さんが、今も近くに住んでいたなら、とうの昔に双方の親子が比べられ、話は終わっていたかもしれません」

だが昌太郎によると、赤子と二人残された井十屋は、験が悪いからと江戸の店を畳み、親戚を頼って引っ越していったという。小間物屋は多分、余り儲かっていなかったのだろうと、昌太郎は続けた。

「親戚は、横浜の人だって聞いてました。実は何年か前、文吉さんの顔を確かめたくなって、私は横浜へ行ったんです」

玄泉が、ちらりと冬伯を見てから唸る。

「昌太郎さんの、その問答無用の決断力。そんなとこ、うちの師と似ておられますね」

「おや、そうなんですか」

ところがその時昌太郎は横浜で、井十屋と文吉を見つけられなかったという。文吉が大きくなった頃、井十屋は親戚と不仲になり、もう一度小間物屋を始めると言って、横浜を出ていた。

「品川へ行ったという話ですが、住所は分かっていません。私は文吉さんを、見失ってしまったんです」

だから冬伯達が改めて、親子二組を引き会わせ、事を確かめようと言ってくれたことに、感謝をしている。昌太郎はそう言うと、頭を下げてきた。

「もし文吉さんが、北新屋の父とそっくりだったら、私は育った店を、出ることになるでしょう。でも、それでも……井十屋さん親子に会ってみようと思います」

玄泉が心配するまでもなく、昌太郎はとうに腹をくっていたのだ。冬伯は、重々しく頷いた。

「ならば我々は一刻も早く、井十屋さん達を見つけましょう」

ただそう請け合い、寺から昌太郎を送り出したものの、冬伯には、文吉を捜し当てる自信など、欠片もなかった。何しろ、つい今し方まで、井十屋親子の行方が知れないことすら、分かっていなかったのだ。

「玄泉、またも困ったねえ」

だが、冬伯が最初に、文吉を捜そうと言ったのだから、とにかく捜さねばならない。東春寺の師弟は手がかりを求め、品川辺りの寺へ、手紙を書き送ることになった。

「私と玄泉が品川へ出向いて、人捜しをしてもいいが、時がかかるし足代も高くつく。郵便なら二銭で着くから。手紙で、もし文吉さんの行方が分かれば、ありがたい」

郵便は、江戸の頃の飛脚より、随分と立派な制度だと、冬伯は筆で手紙を書きつつ頷いている。そしてふと、ペンを手にしている弟子へ目を向け、玄泉は飛脚など知らないだろうと言い、柔らかく笑った。

「私は十代の頃、ペンなど見たことがなく、専ら筆で書いていた。まだ飛脚が走ってて、預かった文を届けていたっけ」

ほんの二十年ほど前は、当たり前だったことだ。だが明治の今、既に飛脚の姿は見かけない。代わりに郵便が出来た。人力車と馬車、汽車が走るようになっている。

「時の移り変わりとは、早いものだ。玄泉など江戸の頃の金は、使うことも出来まいよ」

二昔ほど前、日の本の皆は金貨と銀貨と銭貨、三種の金を使っており、各金には、別々の相場が立っていたのだ。

しかも、金一両＝銀六十匁（もんめ）＝銭四千文ほどだったから、真に計算しづらかった。

「大きな買い物をした時は、どの金で払ったら得か、悩んだものだ。今は円一本に統一されたから、楽になったよ」

「師僧、何で江戸では、そんなややこしい金を使っていたのですか?」

円だけの方が余程使いやすいと、以前を知らない弟子が言う。

「それもそうだな」

冬伯は笑うと、止まっていた手を動かした。北新屋の跡取りは誰か、決着を付ける為、早く手紙を送らねばならないのだ。

だがこの後、昌太郎の悩み事は長い間、どうにもならずにいた。


東春寺の師弟は、努力は山のようにした。しかし品川の寺から、返事はまばらにしか来ず、井十屋の行方は何日経っても、さっぱり分からなかった。

「江戸の頃は誰もが必ず、檀那寺に属さねばならなかった。つまり僧の立場も、もっと強かったから色々出来たが、今はなぁ」

もう神社の神職すら、寺に属していた江戸の世ではないのだ。逆転した力関係の下、維新の頃の寺は、神社の神職達から、長年の鬱憤晴らしを受けることすらあった。

それでもせっせと、東春寺で手紙を書き、多くの寺へ出し続けたが、情けないことに切手代の二銭がただ無駄になって、冬伯は嘆いた。

「思わぬ出費になった。当分、手元不如意だな。煮豆か豆腐が、毎日のおかずだ」

米はまだあったなと、堂でぼやく己が、いささか情けない。

「持ち金が尽きる前に、また相場で稼ぎに行かなくては。だが気が散っていると、大損しかねないから、怖いことだ」

「師僧、しばらく煮豆続きでも、私は構いませんが」

運が良ければ、八仙花のおかみが差し入れを下さると、弟子が笑う。

「住職ともあろう者が、弟子に食い物の心配をさせるなんて、情けない」

冬伯は再び筆を走らせつつ、玄泉へ済まないと詫びた。

すると玄泉は文机の前で、境内の端で、畑でも作りましょうと言い出した。菜でも取れれば、味噌汁の具に出来るからと言うのだ。

「明日にでも勤めを一旦休んで、相場をやりにゆくよ」

冬伯は苦笑いを浮かべるしかなかった。

3

ところが翌日早くに、東春寺へ一通の手紙がやってきて、師弟の予定を変えることになった。裏を確かめると、差出人は何と、自分達が捜していた文吉その人であった。

「おや、いきなり当人から知らせが来るとは。どこかの御坊が、こちらの住所を教え、手紙を送れと言って下さったのかね」

わざわざ切手を買い、知らせをくれたとは、ありがたい話であった。

だが、住所が書いてない。中をあらためると、冬伯の片眉がぐぐっと上がった。

「文吉さんは、自分が北新屋の真の跡取りかもしれないことを、承知しているようだ」

本人は幼い頃、上野を離れたから、親から事情を聞いたのだろう。文吉によると、北新屋の先代が、昌太郎を跡取りとして認めたことも、知っているらしい。なので自分は北新屋と、関係ないものと思っていたのだ。

ところが。北新屋が代替わりした途端、文吉を捜す者が現れた。つまり北新屋は、やはり自分の方を我が子だと、考えているのではないか。ならば一度店へ顔を出そうと、文吉は書いてきていた。

「は？　東春寺の僧冬伯が、品川の寺へ、問い合わせの文を出したのだ。何でうちの寺を飛ばして、いきなり北新屋へ行くと言い出すのかな」

傍らで玄泉が、口を尖らせる。

「店を畳んだり、また開いたりした井十屋が、大身代だとは思えません。文吉さんは、北新屋の財が気になるんでしょうか」

北新屋は老舗なのだ。早くも揉め事が起きそうな気がしてきたと、続きを読みつつ、冬伯は顔を顰める。そしてじき、手紙に向け文句を言った。

「おや、文吉さんの親御の井十屋さんは、もう亡くなっているのか。よって北新屋へは、一人で行くと書いてある。文吉さん、勝手は止めておくれ。まずはお前さんを捜している、この東春寺へ来なきゃ駄目だよ」

北新屋では昌太郎以外、文吉捜しには関わっていないのだ。寺へ問い合わせたのは、拙い一手だったかと、冬伯は手紙を前に、溜息を漏らした。

「まさか、問い合わせを受けた品川の僧が、文吉に勝手な行いを許すとは、考えてもいなかった」

昨今は、僧の行いも緩んだのだろうか。

「玄泉、お前は礼儀正しくあっておくれ」

「あ、あの、師僧……それは」

玄泉が口ごもる中、冬伯は首を横に振った。

「それと、井十屋さんが身罷(みまか)っていたとは、考えの外だったよ」

文吉の父親が故人なら、昌太郎と顔かたちを、見比べることが出来ない。残るは文吉と北新屋夫婦が、似ているかどうかという話に、なってしまう。

「よっぽど似ていると、実の親子だという話になるのだろうけど」

だが文吉も、そこまで似ていなかった時、与志江おかみはどうするのか、見当がつかなかった。

「私は……その場でどうするか、腹を決めておくべきだろうね」

手紙を読み終えると、冬伯は、とにかく昌太郎へ、急ぎ知らせを入れておこうと口にした。

「いつ文吉さんが北新屋に現れるか、分からないから」

文吉がいきなり北新屋へ現れたら、店で騒ぎが起きること、必定であった。冬伯は顔を顰めて立ち上がった後、文吉からの手紙を手に、ふと首を傾げる。

「しかし、この手紙を見ただけじゃ、どこの寺が、わざわざ文吉さんへ知らせてくれたのかが分からない。礼状を、書きそびれてしまうじゃないか」

すると、座ったままでいた玄泉が、目を畳へ落とし、思わぬことを口にしてきた。

「その、冬伯様。寺の名を書いてないということは……その手紙、寺が仲立ちしたものでは、なかろうと思います」

「はて？　玄泉、では文吉さんはどうしてうちの寺へ、手紙を寄越したんだい？」

今回の文吉捜しを承知している者は、限られる。東春寺の二人と昌太郎、それに、手紙を送った寺の僧達のみであった。

だが玄泉は顔を赤くし、簡素な堂宇の一間で、小さく首を振った。

「それは、その。実は今回、文吉さんを見つけるのに、他にも力を貸して下さった方がおられまして」

冬伯は、弟子を覗(のぞ)き込んだ。

「はて玄泉。文吉さんが余りに見つからないので、お前、他へ力添えを頼んだのかい？　もしそうなら、言っておいてくれなきゃ駄目だろうが」

玄泉にしては珍しい雑なやり方で、冬伯は首を傾げる。玄泉は更に下を向いた。

「あの……力を貸して下さったのは、玉比女(たまひめ)神社の、敦久(あつひさ)宮司です」

「敦久殿？」

途端、冬伯の顔つきが、変わってしまったらしい。玄泉が顔を引きつらせ、身を縮こまらせたので、冬伯はこみ上げてきた次の言葉を、押しとどめた。

しかし、黙っていることは出来ない。問わねばならないことと、弟子へ、言っておかねばならないことがあった。

「玄泉、どうして敦久宮司に、手助けを願ったのかな」

「その、寺から、何度も手紙を出しに行ったので、宮司がそれを見ておいでで」

玉比女神社は、東春寺の隣にあるのだ。寺が一時廃寺となっていたことを承知の宮司は、神社の前から、玄泉へ声を掛けてきた。手紙を山と送ると、切手代だけでも大変だろうと、心配してくれたのだ。そして。

「江戸の頃と違って、今は寺の檀家でない者もいる。神社が力を貸そうかと、言って下さいました」

しかしと、玄泉は言葉を続けた。隣にあるとはいえ、寺の坊主が、神社の宮司を頼るのも妙な話だ。丁寧に礼を述べ、しかし断ると、宮司は遠慮は無用と笑ってきた。

「実は自分は元々、玉比女神社と共にあった神宮寺（じんぐうじ）の僧だったと、宮司は言われました」

廃仏毀釈のおり、神宮寺は神社と一つになり、僧の春栄（しゅんえい）を名乗っていた宮司は神職となって、今、敦久を名乗っているそうだ。

「自分は一時、東春寺の先代、宗伯（そうはく）様の弟子だったこともある。冬伯御坊とは兄弟弟子なのだから、頼ってくれても構わないと、宮司は言っておられました。その、本当に驚きました」

冬伯は顔が引きつるのを感じ、急ぎ唇を噛んで、言葉を止めた。

「ですが師は日頃、隣の神社を頼ってはおられません。ですから私も勝手をしてはいけないと、思ったのですが」

だが、それでも。玄泉の声が震えた。

「切手代が嵩んで、東春寺の金が、尽きかけております。冬伯様は早々に、相場へ、金を作りに出かけるでしょう」

しかし玄泉は、それがたまらなく嫌なのだ。相場師は大きく稼ぐこともあるが、破産する者もいる。冬伯は相場をしていて、失敗したら首を吊ろうと考えた頃があった。

「東春寺は買った寺ですから、失うことはあると思います。けれど師を失ったら、私には何も残りません」

明治の世には、火事も貧乏も流行病も溢れており、玄泉の親は骨となって、この世にはいなかった。戻る里もない。僧の勤め以外、やれることもない。自分を拾ってくれた冬伯こそが親であり、師であり、寺が、玄泉がいてもいい場所であった。

けれど自分は、日々ただ金を使うのみで、補うことが出来ない。それが、ただ苦しい。

「せめて北新屋さんの件を早く終わらせて、事が落ち着いてから、師に相場を行って欲しいと思いました。だから、宮司へ助力をお願いしました」

神社は多くあり、その氏子も数多いる。寺だけを頼っているより、余程大勢が、文吉を捜すことになるからだ。

そして、その試みは上手くいった。寺の名が書いてなかったということは、きっと宮司から話を伝えられた神社の者が、文吉を捜し当ててくれたのだ。

玄泉の声が、かすれて小さくなる。

「その、勝手をいたしまして、申し訳ありませんでした」

冬伯が思わず溜息を漏らすと、弟子が頭を畳近くまで下げたので、怒ってはないと、ちゃんと伝えた。ただ。

「私の知らないところで、隣の宮司の力を、借りないでくれないか。これからは玄泉に、心配を掛けないよう心がけるから」

それは金の心配というより、冬伯が相場で失敗した時の、命の心配というべきか。己の頭を撫でた後、冬伯は、今後は相場でしくじりをしても、首吊りはしないと約束した。

「僧のくせに、借金を払えず、夜逃げをする羽目になるかもしれんが、とにかく死なない。玄泉、それでいいかな？」

弟子が顔を上げ、うんうんと頷いたので、とりあえず一つ事が済み、ほっとする。それで玄泉へ、本音を一つ告げた。

「私は隣の元兄弟子が、嫌いなんだ。だからつい、言葉がきつくなった。済まなかったね」

玄泉が目を丸くし、こちらを見てきたので、己の言葉がぶっきらぼうで、口調も強くなっていたのが分かった。これ以上、宮司の話をするのが嫌になった冬伯は、昌太郎に会いに行こうと、上野へ弟子を伴った。


初めて訪ねた北新屋は、古く、どっしりとした店構えであった。

東春寺の僧二人は、店表にいた奉公人に、昌太郎に会いたいとまず伝えた。すると奉公人に、また見知らぬ客が来たと、うんざりした顔をされたので、戸惑った。きちんとした僧衣の二人は、丁寧な応対を返されるのが常であったからだ。

「これは、お忙しい時に来てしまったようだ。出直しましょう」

それでも冬伯が、嫌な顔ひとつせず言葉を返すと、そこへ、来訪を聞いたらしい昌太郎が、慌てた様子で姿を見せてくる。

「これは冬伯様、お恥ずかしい応対を見せ、申し訳ありません。実は今日、思わぬ客人が来られまして。皆、戸惑っているのです」

「もしや……この方が早くも、お見えなのですか。今日は文が寺へ届いたことを、こちらへお伝えに来たのです」

文吉からの一筆を示すと、書かれた名を見た途端、昌太郎が硬い顔で頷く。するとそこへ、奥から主（あるじ）の北新屋も顔を出し、僧衣の二人へ頭を下げた。

「こちらは……おお、東春寺の御坊方でございますか。八仙花のおかみから、お名前を伺っております。御坊は昌太郎を、知っておいでなのですか」

問われたので、冬伯は北新屋へも文吉の手紙を見せ、それが届いた事情を告げた。昌太郎が会いたいと言ったので、寺と神社の力を借り、冬伯は文吉の居所を捜したのだ。それが、思わぬ成り行きを呼んでしまったらしい。

「寺が捜していると、きちんと伝わらなかったのか、文吉さんが、いきなりこちらへ来てしまった。ご迷惑をおかけしました」

「ああ、そういう経緯（いきさつ）があったので、文吉さんが、北新屋へ来たのでしたか」

見知らぬ男の突然の来訪に、北新屋は困っていたという。冬伯は、手紙へ目を落としてから言った。

「北新屋さんは、赤子の頃の文吉さんしか、知らないでしょう。顔を見せた文吉さんが本物かどうか、分からないと思います。ご本人なのか、確かめさせて頂けませんか」

「御坊も文吉さんに会うのは、初めてのようですが。方法がございますなら、是非、お願いしたい」

奥の一間へ顔を出すと、若い男が、おかみと覚しきおなごと、話し込んでいる。昌太郎が、少し離れた場所に座ると、冬伯は素早く二人の若者を見比べ、その後、北新屋へも目を向けた。

そして、溜息を押し殺す。

（参った。現れた文吉さんは、北新屋夫婦と、大して似てないぞ）

無理に似た点を挙げることは出来るが、それなら昌太郎とて似たところはある。要するに、親とそっくりな子供は、今、部屋にいなかった。

冬伯はここで一つ腹を決めると、おかみの向かいに座ってから、若者へ声を掛けた。

「もし、この手紙を東春寺へ下さったのは、お前様でしょうか？」

そう言って畳に、差出人に文吉と書かれている手紙を置くと、若者が振り返る。そして直ぐに笑い、自分が井十屋の文吉だと名乗ってきた。

「それじゃお坊さんが、自分を捜してくれたお人なんですね。このたびは、お世話になりました」

おかげでこうして母と会えたと、早くも言い出したものだから、横で玄泉が口をへの字にしている。冬伯はここで、一つ文吉へ問うた。

「手紙には、どちらの寺の御坊が仲立ちになり、知らせを下さったのか、書かれていなかった。手間をおかけした礼をしたいので、寺の名を教えて下さいませんか」

丁寧に問うと、文吉は首を傾げ、自分を捜してくれたのは、近くの神社の神職だと言った。玉比女さんが、捜していると聞いていたのだ。

「おや失礼。玉比女神社から、話が行きましたか」

北新屋を見て頷くと、主は納得した顔になる。するとここで、与志江が冬伯に声を掛けてきた。

「このたびは御坊が、うちの文吉を見つけて下さったそうで、ありがとうございます。もう、息子を取り戻せないんじゃないかって、思っていたんですよ」

心底嬉（うれ）しいと言われて、冬伯と玄泉は一寸目を見交わした。

4

「おかみ、今回私が文吉さんを捜したのは、昌太郎さんの意向なんですよ」

　冬伯はおかみと向き合うと、文吉を見つけた事情を告げた。

　もし文吉が、北新屋やおかみと、そっくりに育っていたら、どちらがこの店の子か分かる。

「昌太郎さんが、今の文吉さんと、会いたいと言われまして」

「あら、まあ。そうだったんですか」

　おかみはわずかに目を見開いた後、笑みを浮かべる。

「なら望みどおり、事ははっきりしましたね。こんなにも親に似た、文吉さんと会えたんですから」

「えっ？　与志江、文吉さんが、我らと似て見えるのかい？」

　さすがに同意しかねたのか、北新屋がおかみの言葉を聞き、眉を顰めている。

　すると玄泉が、昌太郎も文吉も、北新屋夫婦にはそんなに似ていないと、正直に口にした。

おかみが不機嫌な顔を向けてきたので、冬伯は急ぎ、言い争いが起きるのを止める。

「文吉さんが、北新屋さんに似ているかどうかは、そちらが信頼を置く方に見てもらい、忌憚(きたん)ない考えを聞かせてもらえばいいと考えます」

　冬伯達は、昌太郎と関わりがある。贔屓(ひいき)していると言われては、かなわないと続けた。与志江が不機嫌な顔のまま黙ると、冬伯は一つ息を吐き、他の考えも口にした。

「ですが、他の人に聞いても、多分はっきりした答えは出ないでしょう。もう少しどちらかが、北新屋さん似であればと願っていましたが、そうではなかった」

となると実の子がどちらなのか、答えは多分もう出ない。新しき明治の世となっても、親子の証を立てる方法など、この世にはないのだ。

冬伯は、北新屋夫妻の顔を見つめ、少し身を乗り出した。北新屋へ来る前から考え、もし、事がはっきりしないようなら、話そうと思っていたことがあった。

「一生は長い。片方を選んでも、きっとこの先、もう一方が我が子ではなかったのかと、考える日が来る気がします。ですから」

北新屋は老舗であった。奉公人も多いから、それなりに裕福なのだろう。だから案を告げるというより、祈るような心持ちで、冬伯は考えを伝えてみた。

「両方、我が子としてみませんか?」

「えっ?」

突然の言葉だったからか、北新屋の夫婦は、言葉を失っている。しかし冬伯は、大真面目であった。

「二人とも同じ日に、同じこの北新屋で生まれました。与志江おかみが授かったのは、双子だったと思うのはいかがでしょう」

二人の内、片方の子は確実に実子だから、両方を息子と決めれば、北新屋に血は受け継がれてゆく。昌太郎と文吉の子に男女が生まれたら、夫婦にするのもいい。そうすれば、悩みは消えるのだ。

「井十屋は近所の店でした。縁あって息子さんに井十屋から、嫁御を迎えたと思えばいい。そう突飛な考えでも、ないと思うのですが」

「……なるほど」

北新屋は頷いている。

冬伯は、この考えに賭けていた。見た目で判別が付かなければ、こうするしかなかろうと思っている。

(これ以外、やりようもないじゃないか)

ところが。当の文吉からも、反対の声は出なかったのに、ただ一人、否と言った者がいたのだ。

「そんなこと受け入れられません。私が産んだ息子は、ただ一人ですもの」

二人産んだと思えとは、男の勝手が言わせた言葉だと、与志江おかみは言ったのだ。泣きそうな顔になっていた。

「お坊様が、なんとか事を収めようとしていることは、分かっております。私が、諦められないのがいけないんだと、承知しております」

けれど、何としても納得出来ないことが、この世にはあると、おかみは口にした。

「どう言われようが、二人とも息子とは思えません。たとえ亭主が御坊のお考えを受け入れ、明日から二人と一緒に暮らすことになっても……ええ、駄目でしょう」

冬伯は一寸目をつぶり、溜息を押し殺す。わずかに首を振って、言葉を切るしかなかった。

ここで玄泉が、師に代わって話し出した。

「では北新屋さんが町の名士に、文吉さんと昌太郎さん、二人と会って頂けるよう、お頼みして下さい。東春寺が頼むのでは、拙かろうと思いますので」

この先どう決着がつこうが、一度他人の考えを聞いておいた方がいい。跡取り息子と決まった者は、北新屋で暮らし、この地で商売を続けていくからだ。その方が、与志江おかみも納得いく筈と、玄泉は言った。

「明日という訳にもいかないでしょう。三日後を考えておいて下さいまし」

冬伯は頷くと、その間文吉は、東春寺に来てもらおうと口にする。

「当寺が関わったことですし、お預かりします。事が決まる前に、昌太郎さんと文吉さんに、争いでも起きたら大変だ。離しておくのがいいでしょう」

与志江おかみが否と言う前に、冬伯はさっさと文吉のことを決めてしまった。ただ、部屋内に集っている誰もが、何か不満げな顔つきをしているのは、確かであった。

翌日、文吉を勝手に北新屋へ行かせないよう、玄泉へ頼んでから、冬伯は久方ぶりに、相場へゆくことにした。

弟子と二人きりでも、豆ばかりがお菜となりそうな懐具合だったのだ。若い客を抱えたので、急ぎ財布の中身を増やす必要がある。冬伯は、久方ぶりの洋装に着替えると、出先で昌太郎に会おうと決めた。

（与志江おかみの意向は、はっきりしてる。あの調子じゃ、北新屋さんが二人共、息子とすることはないだろう）

つまり昌太郎はこれから、己は誰なのか、確かな答えなど出ないまま、明日を選んでいかなくてはならない。一度会って、話しておきたかった。

（生きていくと、そんな羽目に陥るのはご免だと思うことに、時に巻き込まれる。さあ選べと、明日を突きつけられる訳だ。腹が立つほど、泣きたくなるほど嫌でも、逃げられないときてる）

そして昌太郎は、この先どの道へ行くか、自分で決めるしかない。他の誰かに、ゆだねる訳にはいかないのだ。

（昌太郎さんは何を選んで、どっちへ進むのか。あと二日で選ばなきゃならない）

冬伯は自分が、追い詰められた昌太郎に肩入れしていると、自覚していた。

いきなり師僧が亡くなり、誰も支えてくれる人がいなくなった時……最初、頭の中がただ白くなったことを、冬伯は覚えている。次に気が付いたら、恐ろしいほど空きっ腹になっていた。笑えなかった。泣くと、更に腹が減っていった。

（やれやれ、思い出してしまった……）

口元を歪めた後、帽子を被り、寺から出ようとした。すると、冬伯が相場もやると知った文吉が、取引の様子を見たい、連れて行ってくれと頼んでくる。だが、冬伯が断るより先に、見送りに来た玄泉が、文吉を黙らせた。

「文吉さん、私どもとの縁を濃くしないで下さい。それでなくとも、昌太郎さんから頼まれ事をしたというので、我らは与志江おかみから、冷たい目で見られております」

北新屋のおかみと、揉めたくはなかろうと言うと、文吉は素直に寺へ残った。その顔が、やはり北新屋に似ていないと思い、文吉のせいではないのに、冬伯はうんざりした。

（中途半端なまま、困り事が続くっていうのは、結構こたえるもんなんだな）

その日、冬伯は何度も溜息を漏らし続けたが、相場師としての腕は冴えた。当分暮らしに困らないだけのものを稼ぐと、冬伯はさっさと東春寺へ帰った。

翌々日、北新屋へ向かう予定で、人力車を頼もうとしたら、当の店から、直ぐ来て欲しいと使いが来た。

何と井十屋の文吉には、下っ端の巡査の半年分以上の給金に匹敵する、六十円もの借金があったらしい。良い家の息子と分かったのなら、さっさと金を払えと、金貸しが朝から北新屋へ、押しかけて来たという。

冬伯と玄泉は、人力車で上野へ向かう間、後ろから来る一台に乗った、文吉のことを口にした。

「文吉さん、六十円もの借金を抱えていたとは驚いた。首が回らなくなっていた時に、北新屋が、捜しているという話を耳にしたんだな。だから寺への挨拶なんか放って、金がありそうな店へ飛んでいった訳だ」

「師僧、露骨に金目当てと分かって、北新屋さん、少しは考えが変わるでしょうか。それとも文吉さんを一層、不憫に思うでしょうか」

「さてね。だが玄泉、昌太郎さんは、北新屋の夫婦がどう出るか、今日、一切を見る訳だ。腹は決めやすくなるだろうよ」

北新屋へ着くと、冬伯は目を見開く。紅の老舗北新屋は、表の大戸を下ろし、店を休んでいたのだ。

「これは、どうしたことか。余程大勢の借金取りが、店で騒いでいるのかね」

「金を払ってくれりゃ、無茶はしない連中だと思いますが」

既に北新屋へ、借金を押っつける気満々の文吉が、店の前で勝手を言う。師弟で溜息を向けてから、勝手口へ回り声を掛けた。

すると店奥には、既に借金取りの姿はなく、その代わり、何人もが一部屋に集まっていた。まずは昌太郎と、側で泣いている妻の加乃、そして年配の男が一人、目に入る。男は何と、どすを手にしており、加乃を庇うように立っていた。

その上男は、大いに怒っており、部屋にいる北新屋へ、きつい言葉を向けている。

「北新屋さん、この新堀達蔵(たつぞう)は、先代の願いを入れて、娘のお加乃をこちらへ嫁がせたんだ」

加乃が嫁ぐのは、北新屋の跡取り息子だと聞いた。新堀はそういう縁談をもらったので、娘の先々を決めたのだ。

「なのにおたくは、うちへ知らせもしないまま、跡取りを他に代えたいそうじゃないか」

加乃に付けていた乳母(うば)が、諸事、里方の新堀へ知らせてきたという。

「与志江おかみ、あんた自分の息子は、最近現れた、文吉さんだと思ってるみたいだね」

なのにだ。その新しい息子に借金があると分かると、与志江は、加乃が持ってきた嫁入り道具を売って、金を作ろうとした。魂消(たまげ)た乳母が新堀へ駆け込み、新堀が動くことになったのだ。

「与志江おかみは、娘の亭主、昌太郎さんを追い出そうとしてる。なのに、昌太郎さんの嫁の持ち物を取り上げ、新しい息子の為に使おうってぇのかい。あんた、正気か？」

この言葉には、おかみの与志江も顔を赤くした。嫁の里方と揉めること、必定のやり方であった。新堀が、口の片端を引き上げる。

「うちを随分、馬鹿にしてくれたもんだ。承知出来ねえ。娘は、離縁して新堀へ帰してもらう。生まれた赤子は、新堀で育てる。婿を息子じゃないって言う北新屋に、大事な孫を預けられないからな」

文句があるなら言ってみろと、上野の怖い顔役が言う。北新屋は口ごもったが、与志江は思いの外、嫌な顔を見せなかった。

「直ぐに金を作りたくて、加乃さんには嫌な思いをさせ、申し訳なかったです。けど離縁を考えておいでなら、道具類はお返ししなきゃ。ええ、もう取り上げたりしませんよ」

その声が、何か嬉しげに聞こえたので、冬伯は唇を噛んだ。昌太郎の嫁の里方には、どすを手に、娘の婚家へ現れる男がいる。その新堀と、関係を切れる機会が訪れたと、与志江は思いついたに違いない。

（お加乃さんと昌太郎さんが別れれば、うるさい縁者が消える。だから、おかみは嬉しいんだろう。何としても文吉さんを、北新屋へ迎え入れたいようだね）

ここまで、与志江おかみの望みがはっきりしていると、いっそ、分かりやすくて迷わない。

冬伯は、苦笑いを浮かべた。

（ついでに、もう一つ分かったことがある。北新屋は老舗だが、思っていたより、財は多くないようだ。与志江おかみは、大事な文吉さんの為なのに、さっさと六十円を払えなかったんだから）

あげく、加乃の持ち物へ手を出し、里方と騒ぎを起こしてしまったのだ。おまけにこの騒ぎは、昌太郎にとっても災難だろうと、冬伯は思う。

（昌太郎さん、妻と子を失いたくないと、最初に言っていたからな）

なのにその二人が今、怒った舅の意向で、北新屋から去ろうとしている。本当に、待ったなしの時が昌太郎に来ていた。

（このままじゃ昌太郎さんは早々に、何もかもを失う）

ここで冬伯は、さっと昌太郎の前へ進んだ。そして顔を見据えると、他に聞こえるのも構わず問うた。

「昌太郎さん、何、黙ってるんだ。このままでいいのかい？」

放って置くと、己の全てを、他人に決められてしまいかねない。大人しくしている時ではなかった。たとえ、その言葉が自分自身を傷つけても、だ。冬伯の声が響く。

「あんたは一体、何が一番大事なんだ？」

問われて、昌太郎は寸の間、膝を手で握りしめる。口を引き結んだ。

そして。

ゆらりと立ち上がった昌太郎は、部屋内の皆を順に見てゆく。新堀、与志江おかみ、文吉へと顔を向けた後、最後に北新屋を見つめた。

一寸間を置いてから、驚く程はっきりと言った。

「私は妻と子を、失う訳にはいきません。一番大事なのは、二人なんです」

そして与志江おかみは、文吉を我が子と、思い定めているようだと、昌太郎は続ける。

「なので私も、今、腹をくくりました」

もう、どちらが本物の北新屋の子かは、考えなくてもよかろうと言ったのだ。

「私はこの北新屋を出ます。文吉さんが、本物の昌太郎ということで、承知しました」

お加乃が大きく目を見開いて、己の夫を見ていた。

5

「えっ？　ほ、本当かい？」

嬉しげな声を出したのは文吉一人で、後の皆は目を見張り、思わぬ申し出に、ただ驚いている。昌太郎は、言葉を続けた。

「文吉さんが、この北新屋の跡取りなら、私は井十屋の子。井十屋へ戻るべきでしょう。私は、小間物屋井十屋をやっていきます」

昌太郎と文吉、立場を入れ替える訳だ。そして昌太郎は井十屋として、主の文吉が背負っていた借金も、自分が返そうと言った。

「六十円。正直大金だと思います。返すのは大事(おおごと)でしょうね」

「えっ？　うちの借金も、昌太郎さんが背負ってくれるって？　そいつはありがてえ。この文吉、心底ほっとした」

「おいおい、昌太郎さん、それでいいのかい？　あんたこの店で、跡取りとして育ってきたんだ。なのにある日突然現れた男に、親も店も、全部渡しちまうのかい？」

新堀が魂消た顔で、声を掛けている。昌太郎は頷いた後、さっと座ると、畳に両の手を突き、舅へ頭を下げた。

「私が何としても失いたくないのは、お加乃と、生まれてくる赤子なんです。お義父(とう)さん、離縁は思いとどまって頂けませんか」

老舗である北新屋の、跡取りでなくなったことは申し訳ない。だが自分が店を出れば、お加乃と与志江おかみは、嫁、姑の間柄ではなくなる。もう、嫌がらせを受けることはないのだ。

「へえ……なるほどね、そうきたかい」

新堀の口調に、面白がっているような調子が加わってきた。

昌太郎は次に、北新屋へ目を向けた。そして与志江おかみだけでなく、妻に引きずられた北新屋も、昌太郎をずっと、息子だとは認めて来なかった気がすると口にした。

ならば今が全てを、仕切り直すべき時なのだ。

「今まで、ありがとうございました。私はこれから、実の親と定まった、井十屋さんの供養をしていきます、北新屋さんは、ご夫婦と文吉さんで、どうぞ幸せにお過ごし下さい」

長く親子として暮らしてきた昌太郎が、奥の間で頭を深く下げ、別れの挨拶を告げる。北新屋は未だ、心が付いていかないのか、直ぐに言葉を返せずにいた。

冬伯は……自分が相談を受けた件の先に、こんな話が待っていたことに、ただ身を震わせるしかない。

（魂消た。昌太郎さんは、決断が出来る男なんだね。ああ、相場師にでもしたいもんだ）

そして……ここで冬伯は、目を見開いた。皆が声も無くいたこの時、与志江おかみだけは、早々に笑みを浮かべたのだ。

文吉がやっと、北新屋へ帰って来る。厄介な六十円の借金は、昌太郎と共に店から消える。

おかみは、昌太郎が見たこともなかっただろう、晴れやかな笑みを見せていた。

二十年以上前の出産の日、大おかみがしでかした間違いを、やっと正せたという、喜びのただ中にいるのかもしれない。

その笑みを見ている昌太郎のことを、おかみは今日もやはり、気にしていなかった。長年共に暮らしてきた昌太郎へ、おかみは、あっさり別れの言葉を告げてきた。


昌太郎と北新屋が、最後の決意を固めるまでの時間は、短かった。だがその場にいた皆は、その後の始末に、多くの時を掛けることになった。事には、店の跡取りの立場と、借金が絡んでいたからだ。

代言人を立て、証人を探し、証文を交わし、役所へ届け出るなど、昌太郎と文吉だけでなく、大勢が巻き込まれた。だが、何事もやり始めれば、いずれは終わってゆく。始末を始めた日の、次の月の終わり頃、事はようよう終幕を迎えたのだ。

いつもと変わらぬように見えた一日、昌太郎夫婦、文吉、北新屋夫婦に新堀、冬伯達、代言人に証人までが北新屋に顔を揃え、最後の書類を交わした。六十円分の借金は、昌太郎が引き受け、借金取りが北新屋の部屋で、珍しくも身を硬くしている様を、冬伯達は見ることになったのだ。

その日までに、お加乃の道具類は、既に北新屋から出て、一旦新堀へ収まっていた。昌太郎はわずかな荷物と共に店から出て、その日限り、北新屋へは戻らないことになった。

　そして、十日ほど経った日のこと。

　商売が好調で、万事太っ腹になっている八仙花のおかみが、自分が冬伯と引き合わせたのが事の始まりだからと、昌太郎達を料理屋へ招いた。ついでに、詳しい事情を聞かせて欲しいと言われた冬伯達も、顔を見せることになった。

　八仙花のおかみが皆を通したのは、母屋の料理屋と廊下で繋(つな)がっている、離れのような一角だ。

「この部屋、色々な仕掛けが出来るんで、実話再現の怪談に、都合が良いんですよ」

　今は気合いを入れて、播州皿屋敷(ばんしゅうさらやしき)を下地にした、怖い話をやっているらしい。おかみが、いかにお客達を怖がらせるか、まずは楽しげに話すと、部屋内にいた客達が笑った。

　この日招かれていたのは、冬伯と玄泉、昌太郎とお加乃、それにお加乃の父、新堀の五人だ。坊主二人の前には精進料理が並び、般若湯(はんにゃとう)もたっぷりと用意してあったので、皆、心置きなく楽しみ、語ることになった。

　中でもおかみは、誰よりも目を輝かせ、自分が聞いていない辺りの事情を知りたがる。

「それで？　噂を聞いたけど、昌太郎さんは、文吉さんとの入れ替わりを、承知なすったんですよね？　しかも文吉さんの、六十円もの借金を、自分が返すと言ったとか」

　お加乃を、与志江から守る為の決断だと、おかみは聞いていた。その話が伝わると、八仙花のおなごの間で、昌太郎の評はうなぎ登りに上がった。会ったこともないのに、昌太郎に岡惚(おかぼ)

れする女中まで現れ、店の男どもを恐れさせたのだ。

「いいわよねえ。良き亭主だわ。老舗より妻が大事！　守る為なら、借金だって背負う。ああ、一回私も、そんな風に思われてみたいわ」

おかみが、感に堪えないという風情で言うと、お加乃は大きくなってきた腹へ手をやってから、嬉しげに頷く。すると横で、早速一杯やっていた新堀が、笑いながら婿へ目を向けた。

「おかげでお加乃が、婿殿に惚れ直しちまったんで、離縁は無しと決まった。まあいいさ。これも筋を通したやり方は、好きだからよ」

商売を続けていれば、借金の一つや二つ、背負うことくらいある。金を返す力も、商人には必要だと新堀が言い、冬伯も横で頷いた。そして一言、続ける。

「この昌太郎さんは、六十円を背負うことで、先々北新屋さんが、自分達夫婦へちょっかいを出さないよう、手を打ったんですよ」

「あら御坊、その話もお聞きしたいわぁ」

昌太郎と文吉が入れ替わると決まった後、北新屋で話がどう続いたか、冬伯は語り出した。


与志江おかみが、昌太郎へ別れを告げると、文吉は、これで全てが終わったとばかり、くつろいだ様子を、おかみの傍らで見せた。

だが昌太郎は居住まいを正し、更に語り出した。ここからが、昌太郎の正念場であったのだ。

「それでは文吉さん、この後北新屋さんへの親孝行は、ちゃんとお前様がやって下さい。私の親は、亡き井十屋さん夫婦と心得ます。育ててやった恩があるとか言って、この先、都合の良い時だけ私に、北新屋さんが関わってくるのもご免です」

与志江おかみが口を歪め、そんなことはしないと言ったが、昌太郎は今日、与志江おかみが加乃の道具を、取り上げようとしたことを思い出させる。

「井十屋の、六十円の借金を引き受けるんです。そちらの都合の良い時だけ、北新屋と関わるのは、我慢出来ないので」

「分かってますよ。もうお互いに、縁は無いものとします。それでいいですね？」

「その言葉、先々文吉さんが、また借金を作っても、変えないで頂きたい」

「まあっ、変えたりしませんよっ」

するると、決断に慣れている冬伯が、さっと横から口を出した。

「昌太郎さん、ではその約束、きちんと書面にしましょう」

代言人か、元の町名主にでも書面を書いてもらい、証人を立て、双方印を押すのだ。

「決め事を書いた書面は二通作り、互いに持っていることに、したらいい」

そうすれば後々まで、安心出来るというものであった。

「あの、そこまでしなくとも……」

北新屋は及び腰になったものの、場に新堀が来ていたから、冬伯の言葉が通る。

すると、代言人を呼ぶと聞いた文吉が、借金取りも、急ぎまた呼びたいと言い出した。昌太郎が返済を嫌がったりしない内に、一刻も早く、金を返して欲しいと言ったのだ。

しかし上野の顔役は、直ぐに借金を返すのは、無理だと言った。

「昌太郎さんの懐に、今、六十円もの金がある筈がない。つまり婿殿は、この後どこかから、金を借りなきゃならないんだ」

「えーっ、じゃあ何時返してくれるか、分からないってことかい？」

元々自分の借金であった六十円なのに、早く何とかしろと、文吉は北新屋の部屋で勝手を言ってくる。

すると、冬伯が再び動いた。懐へ手を入れると、小さな巾着袋を取り出し、大きさの割には、何やら重たげなその袋を畳に置いたのだ。それから冬伯はさっと、袋の口を開いた。

中から現れたのは、親指の爪ほどもないように思える、小さな貨幣の山だった。だが重そうで、金色をしている。全部一円金貨で、一枚で、江戸の頃の小判一両の価値があると、冬伯は弟子へ語った。

「私は相場をやっておりまして。先日の相場で、八十円近く稼ぎました」

だが、待ってもらっていた〝つけ〟を払ったり、寺で必要な物を買ったら、あっという間に大分減っている。それでもだ。

「まだ六十円くらいは残っていましょう。今回の件は、私が文吉さんを捜したことから、事が大きく動いた。昌太郎さんへ苦労をおかけしたので、金はお貸しします」

あげると言ってはいけない気がして、冬伯がそう告げると、新堀が頷いている。大ざっぱな師の代わりに、玄泉がきちんと金貨を六十枚数え、巾着へ入れ直した。

「この場で六十円は、新堀さんへお渡ししておきます。ただ借金を返すのは、全ての書面が整い、お互いに印を交わした時だ」

「えーっ、金があるんなら、直ぐに返せばいいのに。一月分でも、利が安くなりますよ」

文吉はまたごねたが、北新屋が首を横に振る。だがとにかく、借金返済の目処も付いたのだ。

そして大勢が動き、書面が整うと、印が押された。役所へ届けが出され、借金が返済される。

昌太郎と文吉は姓を変えた。

井十屋には、既に先代夫婦はいない。貸家であった両国の小さな小間物屋で、店主となった昌太郎達若夫婦は、初めてゆっくりと日々を過ごすことになった。


「あら、そこまできっちりと、後始末を付けたんですねえ。冬伯様、今回は書面にこだわりましたね」

八仙花のおかみが話を聞き終え、満足した顔で言う。すると冬伯は、思わず口元を歪めてから言った。

「今回は、きちんとしておく必要があったんです。昌太郎さんは、借金を負う必要があった。新堀さんは、多分訳をお分かりだ。もちろん昌太郎さんも分かってます」

「あら、どういうことでしょ」

おかみが首を捻（ひね）ったので、冬伯は聞き返した。

「息子の喜一さんは、昌太郎さんと仲が良いとか。以前昌太郎さんから、親御のことで相談を受けた時、何と返事をしたか知っておいでですか？」

「ええと、喜一は心配するなと、昌太郎さんへ伝えた筈です。何となくご両親は、昌太郎さんの実の親に違いないと思っていたようで」

ここでおかみが、はっと目を見開いた。今回の騒ぎは、証が無いまま終わっている。昌太郎も文吉も、大して北新屋には似ていなかったからだ。だが。

「もうすぐ、お加乃さんに子が生まれます。その内文吉さんも嫁御をもらって、親となるでしょう。そうしたら、与志江おかみの孫が育っていきます」

孫の代で、誰かが北新屋に似ていたら、また騒動が繰り返されるかもしれない。

「だから昌太郎さんは、大金を絡ませることで、何人もの名士を関わらせて、約束が動かないよう、書面にしたんだと思います」

昌太郎がゆっくりと、深く頷いた。

「もう、血筋の話は沢山ですから。私の身内は、妻とその縁者だけでいいです」

悩み続けた長い月日の果てに、こぼれ出た言葉であった。新堀が頷き、どうせ井十屋は貸家なのだから、昌太郎夫婦は、遠くへ越してしまえばいいと口にする。昌太郎の子の顔など、北新屋へ見せることはないのだ。

「井十屋の名前も変えりゃいい。昌太郎の名も、変えていいんだぞ。新しくやり直しな」

「名前って、変えることが出来るんですかね」

皆が首を傾げていると、冬伯がまず、商売替えからした方がいいと言い出した。

「店は借金が嵩んでいた。井十屋は、儲かってなかったと思います」

ならば借金返済の為に、商売こそ、もっと儲かるものに変えた方がいい。冬伯は相場仲間と、先々が明るい商いの話をよくしていた。

「同じ小間物屋でも、西洋小間物の店はどうですか？　儲かりそうです」

「御坊、それはどんな物を売る商いなんですか？」

お加乃に問われ、外国雑貨、化粧品、洋傘、帽子、洋酒、洋反物類など、モダンな品々の名を、冬伯は並べた。新堀が、商いの新しいところを気に入り、お加乃が、洋傘は可愛いと言ったので、昌太郎も頷く。

八仙花の一間で、先日までの話は消え去り、明日の話が始まった。冬伯は一つ息をつき、こちらも随分変わってきた、八仙花の庭へそっと目を向け、ゆっくりと頷いた。

明治と薬

1

「雨が続くねぇ。その内浅草が、水溜まりの中に沈んでしまいそうだ」

東春寺(とうしゅんじ)の板間で、亡き先代直伝の薬を作っていた僧冬伯(とうはく)が、境内へ目を向け、小さく溜息を漏らした。

先の月あたりから、とにかく降る日が多い。勿論(もちろん)晴れ間もあるが、そういう時には皆、慌てて洗濯物を片付けようとするほど、雨の日ばかりなのだ。

冬の雨は冷たく、東春寺は来客がひどく減り、活気がなかった。

「玄泉(げんせん)、こんなに雨が降ると、部屋の中にいるのに、濡れている気持ちになってくるよ」

冬伯が愚痴を続けると、弟子玄泉は、病になるから濡れてくれるなと、生真面目に返してきた。

「こういう日には、表に出ないのがいいです。それでなくともここのところ、上野近辺は物騒だとか。雨で日雇いの仕事が減って、物取りが出ると言います」

「上野駅の近くの貧しい人達は、今、日々が大変だろう」

「上野駅に近い貧民窟は……東京に三つある、大きな貧民窟の一つですから」

東春寺は上野から程近い、浅草の寺町にある。先代住職が急に亡くなり、寺は一時廃寺となったが、冬伯が寺を建て直し、住職となっていた。今は若い弟子玄泉と二人で、東春寺を支えているのだ。

もっとも、廃寺となって久しかった寺には、ほとんど檀家もいない。寺は大概、誠に静かであった。

「この長雨で、質の良くない風邪が流行ってるっていうし。暫く、客人は来ないな」

暇になった冬伯は、朝から堂の板間で、高熱や胃の腑の痛みに備え、自分達用の薬を作っているのだ。先代から処方を引きついだ漢方の薬で、安く出来る上、結構な薬効があり、冬伯は切らさないようにしていた。

だがその立派な薬とて、明治の今は、おいそれと人に譲ったり、売ったりすることは出来ない。江戸が消えて程ない頃の明治三年、薬に関する法律が出来、禁止事項が増えたからだ。

冬伯は、側で掃除にいそしんでいる弟子玄泉へ、昔からある薬に明治政府は冷たいと、愚痴をこぼした。

「そりゃ、西洋医学は進んでいるんだろうけど。日の本の薬にだって、良く効くものもあるのに。おまけに西洋から来た薬より、ずっと安く作れるぞ」

するとと万事そつなく、真っ当な弟子は、この時もきちんと返事をしてきた。

「師僧、その安いってところが、駄目なんじゃないですか？　西洋の薬は、会社を名乗っている新しき店の稼ぎ頭です。古い漢方薬のせいで売れなくなったら、大事ですから」

明治政府はつい近頃所得税なるものを設定し、儲けている御仁から、税金を取ると決めたのだ。つまり金持ちは、国庫の金を増やしてくれる有益な存在だ。減っては困るのだろうと、玄泉は勝手に考えている。

「損をさせて、税金を減らすような真似を、政府はしませんよ」

「玄泉、明治政府は、常に金が足りないと聞くよ。ならばきっとこの先も、税が掛かるものは増えていくんだろうな」

その内貧乏人も、税を沢山払う日が来るかもしれない。寺にも税が掛かるかもと冬伯が言うと、払う銭などないと、雑巾片手の弟子はきっぱり言い切った。

「我らの、今晩のお菜はおからです。けど師僧、金が尽きそうだからといって、雨の中、相場をやりに行かないで下さいね」

若かった頃、師を亡くした冬伯は行く当てもなく、相場師に、使いっ走りとして拾ってもらった。よって、門前の小僧として相場を覚え、相場師として得た金で、廃寺を買い取ることが出来たのだ。

寺を取り戻した後、弟子を心配させるからと、相場に大枚を突っ込んだりはしていない。だが、それでも寺を続けていくには、幾ばくかを相場で稼がねばならなかった。

「玄泉、相場を続けていると、不幸にも先日のように、損を抱えることもある。それは仕方が無いことなんだよ」

一円も損をしたことのない相場師を、明治の世、冬伯は知らない。そして冬伯自身も先日損をしてしまい、東春寺は今、いつにも増して貧乏なのだ。

そういう時、貧乏が貧乏を呼ぶと言って、玄泉は冬伯が、早々にまた相場を張ることを嫌う。よって続く雨の中、金の無い僧二人は、ごく安く手に入るものを口にし、静かな寺で過ごしていた。

「おや、話している内、一際雨脚が強くなってきたね」

雨は部屋から見える境内を、うっすらと白く霞ませ、雨音は師弟の話を遮ってくる。少し遠くにある屋根など、ぼやけて、はっきり見えない程になってきた。

「これは酷いな。貧民窟の家は、大丈夫なのかな」

「あの一帯は、戸さえ無い家もありますし、つっかえ棒で家を支えている所もあります。きっと家の中に、雨が降ってますよ」

それでもこの降りでは、誰もが家にいるしかない。玄泉の言葉に、冬伯は頷いた。

ところが。

一寸の後、薬研で薬草を刻んでいた、冬伯の手が止まった。雨の中から湧き出すように、境内に人影が現れてきたからだ。

「こんな日に、誰が来たというんだ？」

影に目を凝らすと、一人ではないと分かる。じき、顔が見えてきた者達を見て、普段穏やかな冬伯が、ぐっと険しい顔つきとなった。

隣にある玉比女(たまひめ)神社の神職が、若い弟子二人に抱えられ、ふらつきながら境内に来ていたからだ。大雨の中、三人は傘も差していなかった。

玄泉が、ちらりと冬伯を見て、困ったような顔で話しかけてくる。

「師僧、隣の宮司を好いておられないことは、承知しております。ですが、ずぶ濡れになって訪ねてこられた方々を、放ってはおけません」

堂へ迎え入れたいという玄泉に、承知とは言えなかったが、否とも言わなかった。すると弟子は何故だか頷き、雨の中、三人の方へ駆け出して行った。


東春寺では主に書院で、僧二人、毎日を過ごしている。そして今日は、いきなり現れた客を寝かせるのに、奥の部屋を使うことになった。

隣の神社から来た三人へ、手ぬぐいを山と渡すと、僧二人は急ぎ、布団を敷く。そして、いかにも具合が悪そうな隣の宮司を着替えさせ、寝かせると、更に盥(たらい)を傍らに置いてから、冬伯は不機嫌な顔を見せた。

「熱が出ているのに、敦久(あつひさ)宮司はずぶ濡れだ。その上、胃の腑に吐くものなど残っていないのに、まだ吐き続けている」

具合の悪い時に、何故、わざわざ濡れながら、東春寺へ来たのか。

「敦久殿、訳を話せ」

冬伯は渋い顔を、東春寺の一隅で寝込んだ、玉比女神社の宮司へ向けた。もっとも当人は吐き気が続いて、布団に横になった姿で盥を抱え、返事もままならない。よって弟子二人が、まず一久（かずひさ）と真次（しんじ）と名乗ってから、事情を語ることになった。

乾いた着物を借り、手ぬぐいを手にした神職達は、玄泉が前へ茶を置くと、恐縮した顔を見せている。

「我ら三人は朝方、上野の貧民窟へ行っておりました。神社を出ました時、雨は止（や）んでおりましたし、宮司もまだ、具合が悪そうには見えませなんだ」

「何でまた、最近は物騒だと噂（うわさ）の、あの場所へ……」

玄泉が驚くと、敦久は風邪が流行ってから、あの場所で時々、薬を買えない者達に、熱冷ましを配っているのだと言った。

「冬伯様、こちらの寺の先代住職から、教えられた漢方薬だそうです」

「おやおや」

するとそんな時、敦久が社僧の頃、神社に来ていた男が、貧民窟にいるのを知ったと、一久が続ける。

「西方（にしかた）さんといい、元々は帝都にて、警官をしておられました。ですが上司と折り合いが悪く、退職され、商売を始めたと聞いておりました」

だが西方は士族の出で、商いとは縁がなかった。見よう見まねで始めた商売は、あっという間に傾き、家の財をそっくり失ってしまったのだ。

「西方さんは、住んでいた浅草の家を引き払い、どこへ越したかも分かりませんでした。その西方さんが貧民窟にいるというのです」

暮らしに困り、雨と悪い風邪に追い詰められ、上野の片隅に行き着いたらしい。それを知った宮司は、西方が元警官であったから、心配を募らせた。

「人を襲う者達にとって、元とはいえ警官は、敵方です。そして貧民窟には、物騒な御仁も多いと聞いておりますから」

それで宮司は、居場所が分かる内にと、今日、様子を見に行ったのだ。

「貧民窟へ行く時は、神社の社務所を一時閉め、三人で向かうようにしておりました」

しかし、ただで薬を配る時とは、勝手が違った。貧民窟で西方の名を出すと、不機嫌そうな顔で刃物をちらつかされ、居場所も教えてもらえなかったのだ。玉比女神社の三人は、早々に帰ることになった。

「すると途中、雨が降り出しまして。濡れると宮司が、苦しげな様子になりました」

貧民窟で、飲み食いはしていない。雨脚が強くなる中、急ぎ帰って医者を呼ぶと、流行の風邪を拾ったのだろうと言われ、薬が出た。だが。

「具合は、悪くなる一方なんです。吐き気が止まらない。でも、咳(せき)や鼻水などは出ません」

宮司は本当に風邪なのか。不安に包まれた若い神職二人が、もう一度医者を呼ぼうか迷っていると、宮司が思わぬことを言い出した。隣の東春寺へ、連れて行けと言ったのだ。

「その、宮司はこちらの寺の先代に、育てられたも同然とか。若い頃は寝込むことも多かったゆえ、宮司の病のことは医者より、弟子であった冬伯住職の方が、よく分かると言われました」

ここで一久と真次が顔を見合わせ、宮司が横たわる布団の傍らで、一旦言葉を切る。言いにくいことがあるようで、先が続かないでいると、盥を抱えた敦久宮司が、床の内から短く言い切った。

「二人は、冬伯殿を呼ぶと言った。私は無理だと返した」

十数年前、敦久は、僧からさっさと神職に変わり、遠方にいたので、亡き師の死に目に立ち会えなかった。

まだ若かった冬伯ではなく、敦久が寺で側にいたら、二人の育ての親であった師が、一人で急死することはなかった。よって冬伯は敦久を、今も許していない。隣の宮司は敵方だと、敦久本人へ言ったというのだ。

「えっ、あの……」

宗伯の死をめぐる確執は初耳だったようで、玄泉が呆然としている。宮司はまた吐いて言葉を切ると、息も絶え絶えな様子で顔を上げ、にやりと笑った。

「だから雨が降ってはいたが、若い二人に頼んで、東春寺に連れてきてもらった」

来る途中、宮司が倒れそうになったので、傘を持ち続けていられず、三人とも総身が濡れてしまった。だが、それも悪くなかったと宮司は続ける。

「冬伯殿は濡れ鼠(ぬれねずみ)の客を、追い返したりは出来ぬ男だからな。たとえ相手が私でもだ」

よって、自分はこの寺で寝込むから、後はよろしくと宮司に言われ、冬伯が眉を吊(つ)り上げる。

そして……玄泉が心配げにこちらを見てきたが、冬伯はやはり、病人を追い出すことは出来ずにいた。

「治ったら、いかに腹が立ったか、まとめて言うことにしよう。だが、とにかく今日は面倒をみることにする。先だって、うちの切手代を心配し、神社が人捜しを手伝ってくれた。あの返礼をせねばならん」

敦久の言うとおり、亡き師は芯の弱い弟子の為、処方を残していた筈(はず)だ。冬伯は立ち上がると、書棚を探り始める。

「敦久殿の吐き気の訳を、流行の風邪だと言った医者は、藪(ヤブ)だな。この御仁は多分また、体に合わないものを食べたに違いない」

「えっ？　宮司には、食べてはいけないものが、あったのですか」

「一久さん、敦久殿は、いつも食べられない訳じゃないんだ。ただこの男、体調が悪いと、色々受け付けなくなるんだよ」

胃の腑が悪くなると、吐き、熱を出し、何日か使い物にならなくなる。

「私が子供の頃は、そうだった」

つまり玉比女神社はこの後何日かの間、宮司が働けなくなるのだ。

「ならば、一久さんと真次さんが、二人で神社の仕事をやっていくしかあるまい。この役立たずの宮司は、冬伯が預かるゆえ、お二人は戻り、神社の諸用をこなすのだな」

「わ、我らだけで、神事が出来ましょうか」

冬伯の言葉に、若い神職らは腰が引けている。だが宮司に床内から一言、頼むと短く言われると、意を決した顔つきとなり、濡れた着物を抱いて傘を借り、早々に戻っていった。書棚の前から冬伯が、二人の背へ柔らかい言葉を向ける。

「どこも、弟子の方が頼もしいな」

じき、目当ての処方を見つけると、冬伯は一つ首を傾げ、玄泉へ声を掛けてみた。

「敦久殿への薬に、刻んだ唐辛子を入れたくなって困ってる。本当に入れたら駄目かね」

「師僧、宮司の具合を悪くして、なるだけ長くお世話をなさりたいんですか？」

「いいや、なさりたくない」

仕方なく、真っ当な薬を作ることにして、冬伯は必要な薬草を取りに、本堂脇に立つ倉へ足を向けた。

東春寺は廃寺となっていたので、冬伯が買い取った時、堂は使い物にならず、建て直しとなっている。だが倉は、中身は空であったが、何とか以前のまま残っていた。

今はその中に、薬草などが干してあり、倉という名の、納戸のようになっている。中に入った冬伯は、性懲りも無く、薬を刺激の強い一服に出来ないか考え続け……やがて薬草を手に、眉間に皺（しわ）を寄せた。

「はて、神官方と私と玄泉以外に、誰かこの寺に来ていたのか？」

大雨だ。聞こえてくるのは、雨音ばかりの筈であった。なのに、何かの気配が冬伯を、落ち着かなくさせていた。

「まさか神職二人が雨の中、寺へ戻って来た訳ではあるまい。さて……」

開けた倉の戸から、雨の降る境内へ目を向けた、その時だ。ぞわりと悪寒が走り、冬伯は足を踏ん張った。

（倉の中……背後に誰かいる）

影を目にした訳でも、不審な音を聞いた訳でもなかったが、間違いない。冬伯が振り向いた時、剣呑（けんのん）な騒ぎが始まるのだろうと、唇を引き結ぶことになった。

2

「師僧、その皆様は、どなたなのでしょうか」

倉から堂へ戻ると、玄泉が首を傾げる。冬伯の背後に、四人の若者の姿があったからだ。

自分も誰か知らないのだと、冬伯が言ったところ、若者の一人が、癇（かん）に障る笑い声を上げた。そして、どういう立場なのかを示すため、冬伯の背へ突きつけていた刃物をひらひらと振り、玄泉へ見せつけてきたのだ。

するど思いがけないことに、現れた若い面々が誰かを告げたのは、横になっている敦久であった。

「玄泉、その若くて物騒な御仁……ごふっ、貧民窟の者だよ。今朝、会った。刃物の男は確か頭で、辰馬と名乗ってた」

未だに吐き気は止まらない様子だが、敦久は、意外としっかり話をした。敦久によると、十代の子供ばかりに見えるが、貧民窟の中で、幅をきかせている男達だという。

「ああいう場所じゃ、驚くほど若い頭が、立つことがあるそうだ。後の三人は光男、正和、元助だったかな」

すると辰馬はにやりと笑い、冬伯と向き合ってきた。

「坊さん、あんた、西方のおっさんを捜しに来た、そこの宮司さんの仲間だ。おれ達がここへ来た事情を、承知してるんだろ？」

「事情？　はて、何を言っているのか、見当もつかんが」

途端、誤魔化すなと、辰馬が怒鳴る。

「こっちは西方のおっさんから、聞いてるんだよ。坊主や神職は、お宝を手に入れたんだってな」

話の出所は、元警官の西方だ。もっとも、ここまでの話であったら、眉唾物だと思うかもしれない。だが。

「西方のおっさんは、宝を手にした内の一人、神職の名を、ちゃんと知ってたのさ。玉比女神社の宮司だ。つまり、そこで寝込んでるあんただ」

西方が、その神職の名を承知していたのは、たまたま昔、神社と縁(ゆかり)があったからだ。これで誰がお宝を持っているか、はっきりした。

「つまり、このお宝話は、法螺(ほら)でも嘘でもなく、本物だってことだ」

お宝は一財産になる、高直(こうじき)なものだという。そのお宝があれば、辰馬達は貧民窟から抜け出せる。人生をやり直せるのだ。

目を輝かせている若者四人へ、敦久がうんざりした顔を向けた。

「つまり辰馬さん……あんたこの寺へ、宝物を奪いに来たのか。西方さんが、この敦久殿がお宝を持ってると言ったとは、魂消(たまげ)たぞ」

辰馬は笑いながら頷き、冬伯へ刃物を突きつけ、さっさと宝を渡せと言ってくる。僧衣姿へ遠慮も無く凄(すご)む姿に、若者らの一人が眉を顰(ひそ)めた。

「おい、そんなに喧嘩腰(けんかごし)にならなくったって。相手は坊さんじゃないか」

「正和は黙ってろ。せっかくお宝が手に入りそうなのに、ここで弱腰になって、どうするんだよ」

「これはまた、偉いことになったな」

冬伯は一寸(ちょっと)、呆然としてから、直ぐに寝ている敦久を睨(にら)み付けた。

「おい、宮司殿は病になったので、我が寺に来たんじゃなかったのか。何か厄介事を背負ったんで、それを押っつけにきたのか？」

冬伯が、辰馬そっちのけで病人を睨むものだから、玄泉が慌てて止めに入る。だが、魂消ていたのは、床内の敦久も同様であった。

「私は……げふっ、お宝なんて知らんぞ」

敦久は貧民窟で、西方に会うことも出来なかったから、勿論、何の話も聞いていない。だから宝と言われても、何のことか本当に分からないと言い切った。

「言っとくが、玉比女神社にお宝などない。そもそも金の心配がないのなら、今日、藪医者の代わりに、名医を呼んでいる」

神社の宝と言えば、ご神体の御神鏡くらいだが、それは売っても、大きな金にはならないという。

「確かに」

その言葉に、妙に納得してしまった冬伯は、段々面倒になってきた。木刀を構え、辰馬とやりあった方が楽だと思えてきたが、しかし。

（だが、ここには病人がいる。そんなことをしたら玄泉が、後で怒るに決まっているよな）

馬鹿な行いは出来なかった。

「辰馬さん達、探している宝とは、そもそも何なんだ？　坊主にも分かるように言ってくれないと、差し出すことも出来んぞ」

真面目に聞くと、貧民窟の面々が、だんだん不安げな顔になってくる。

「おい辰馬、この坊主達、本当に知らないみたいだぞ。西方のおっさんが言ってたお宝、本当にあるのかね？」

正和がまた不安げになると、辰馬は口を、見事なへの字にした。

「うるせえっ、あるに決まってら。西方のおっさんは、警察官時代に摑んだ話を売って、ずっと暮らしてるんだぞ。他に稼ぎはねえ」

だから、今度のお宝話も本物の筈だと、辰馬は口にする。敦久の神社か、せっせと神職の世話をしている坊主の寺に、お宝はあるに違いないのだ。

「だから、こっちの寺に宝がなかったなら、坊さん、次は神社を調べてくれ。出来ないってのは、なしだ」

冬伯達が逃げたら、寝付いて動けない敦久に、刃物を突き立てると、辰馬は物騒なことを言ってくる。声を張り上げるでもなく、淡々と語るその様子が、妙に落ち着いている。宝探しが失敗したら、辰馬は刃物を躊躇わずに使うかもと、冬伯は言ってみた。

「辰馬さんが敦久殿を殺そうとしたら、私には止められぬだろうな。貧民窟側は、四人もいるゆえ」

「師僧っ、宮司に聞こえてますよ」

「おや、済まぬ」

冗談には思えなかったようで、敦久は布団の中で顔を引きつらせ、むせかえっている。辰馬は笑って、まずはさっきの倉へ行ってから、色々話してやると、冬伯へ凄むように言ってきた。

お宝があるとしたら、新しい堂宇ではなく、古い倉だろうと言ったのだ。

「少し長い話になるから、ここで話してちゃ日が暮れる。維新の頃の、昔話だ」

まだ師僧宗伯が、生きていた頃のことが語られると知り、冬伯は一寸、目を大きく見開いた。

貧民窟仲間四人の内、刃物を手にした辰馬と光男が、冬伯、玄泉と共に倉へ行くと決まった。よって正和と元助が、寝込んでいる敦久を見張るという。正和は四人が書院を出る前に、冬伯へ問うてきた。

「おい坊さん。この堂にある刻んだもの、薬なんだろ？　何なら煎じて病人へ飲ませておいてやるぞ」

「いや、そこにあるのは、右側が熱冷まし、左のが胃の薬だ。宮司殿へは、他の薬が必要なのだが、まだ作っておらん」

先に薬を作って、敦久へ飲ませておきたいと言ってみたが、お宝を探し出した後にしろと、辰馬は命じてくる。仕方なく辰馬、光男と共に書院を出ると、大雨の中、ふたたび倉へと向かった。

東春寺の倉は、一階は十畳ほどの広さだ。大層急な勾配の階段が、右隅から二階へ伸びていたが、上の窓を開けていないから、先は暗く、見えなくなっている。

玄泉と二人、探し物を始める前に、冬伯は辰馬へ一言、念押しせずにはいられなかった。

「辰馬さん、人質を取られてる以上、やれと言うなら、お宝探しはするけどね」

しかしだ。東春寺は一時廃寺になっていて、建て直したのは少し前だ。つまり、維新の頃が絡むお宝など、この寺にはない。

「今いるこの倉だけは、昔からあるがね。中は荒らされ、ほとんど物はなかったんだよ」

わずかに残された古い品は、盗人も手を出さないような、がらくたばかりであった。どう考えてもお宝など、なさそうなのだ。

更に、お宝が玉比女神社から見つかることもなかろうと、冬伯は思っていた。

「敦久殿は元社僧で、神職になるのが遅かった。維新の後、他の大きな神社へ学びに行ってたから、神社には長い間、別の宮司がいた筈だ」

敦久は西方の名を知っていたが、縁は薄そうで、何で敦久の名が出たのか、冬伯にはさっぱり分からない。だから冬伯は、お宝探しは、無駄になる気がしているのだ。しかし倉内で、古い木箱に腰掛けた辰馬は、口元を歪め首を横に振った。

「坊さんよぅ、おれは、西方のおっさんがお宝を誰が持ってるか知ってる、って言った。だがお宝が、見て直ぐ高いと分かる、立派な品だとは言ってねえ」

「そういえば……そのとおりだな」

ならばお宝は、どういう物なのか。冬伯と玄泉が首を傾げると、辰馬がにっと笑う。

「見つけて欲しいお宝は、書面だ。計画書だ。見たことも無い書き付けを、探しな。あったら、おれに見せるんだ」

「書面？　そんなものがお宝か？」

僧が承知していないことを語るのが、嬉しかったのだろう、何とも反っくり返った態度になると、まずは探し始めろと命じてきてから、辰馬は続きを語り出した。

「西方のおっさんが、おれ達の根城、上野の貧民窟へ来たのは、去年のこった」

縄張り内に、西方が元警官、つまりこそ泥の敵だと知っている者がいて、西方は最初、貧民窟の中で生きて行くのに苦労していた。どん底に見える暮らしでも、その地なりの決まりはあるのだ。

「ところが西方のおっさん、意外なほど早く、貧民窟に慣れたんだ」

上野に現れた時、西方には金が無く、既に妻すら側にいなかった。だから却って、怖い物なしだった。

「で、西方のおっさん、警官だったことを利用して、貧民窟で面白え商売を始めたんだ。以前起きたいろんな罪の、裏事情を知ってたんで、それを売り始めたのさ」

「おや、そんなことをしていいのかい？」

「さぁねえ。でもな坊さん、面白ぇ話が、沢山あったんだぜ。おい、探し物の手は止めるなよ」

西方は事情通だった。明治政府内の内務省と外務省が、東京の都市計画でぶつかった話など、大きな出来事まで承知していた。

「もっとも、そうも大きな話だと、貧民窟のもんが買うのは無理だ」

よってそういう話は、大勢からわずかな銭を集め、道ばたで面白おかしく語っていたという。西方は話し上手で、講談でも聞くように、楽しむ者は多かった。

「貧民窟の場所は、上野の駅に近い。政府が何か決めりゃ、自分達が、立ち退かされちまうかもしれねえ。おれ達にゃ政府のことも、他人事じゃねえ。興味はあるのさ」

一方、小さな揉め事の裏話は、商売になったようで、西方は結構高い値を付け、個別に売っていた。巡査などに金を握らせ、罪を揉み消したという話など、揉み消された側の者が、西方へ真実を問う為、わざわざ遠方から来ていた。

「そんな時だ。西方のおっさんが、流行の嫌な風邪を拾った。寝込んで、飯を用意することも、出来なくなっちまったんだ」

頼れる身内はいない。困った西方は、頭である辰馬達へ、己の世話や食い物を頼んできたのだ。

「最初は、ご免だと思ったがね。おっさん、このままじゃ己の命が危ういと思ったらしい。世話してもらう代わりに、とっておきの話を教えてきたんだ」

それが今回の、お宝話であった。

上野の寛永寺の境内や、浅草の浅草寺の境内は、以前、お上の意向で取り上げられ、公園地に変わった。そして西方によると、明治になって程ない頃、実はこの浅草の辺りにもう一つ、公園地を作る案があったという。

「この辺りって……浅草の寺町に、公園地を作れるほど広い土地など、ないと思うが」

冬伯が戸惑いつつ言うと、辰馬は、探すのを怠けるなと、また偉そうに言ってから、口の両端を引き上げる。

「維新の頃、西の地じゃ、強烈な廃仏毀釈(はいぶつきしゃく)ってのが起きたんだろう?」

倒幕運動が盛んだった地域では、何と、町や村から、寺が無くなった所も多かったという。

「薩長(さっちょう)方出身で、今、政府で偉くなっている奴らの中には、そういう土地から東京へ来た者もいる。つまり浅草の寺町にゃ、寺が多くありすぎると、考えた奴がいたんだ」

「……寺町に、寺が多すぎる?」

玄泉は首を傾げたが、何が起きたか、冬伯には見えるような気がした。計画を考えた輩(やから)は名を売るため、邪魔な建物を退(ど)かしても、三つ目の公園地を作る心づもりだったのだ。

だが事は、すんなりとは進まなかったという。更なる公園地の代わりに、数多(あまた)の寺が潰れると分かると、当の寺から大反対を食らったのだ。

「西方のおっさんによると、政府の偉い誰かが、うんざりしてたそうだ」

何しろ揉める相手の寺が、多すぎた。

「その内、要らぬ揉め事を起こしたと、計画は、煙たがられるようになったんだと」

公園地も三つ目となると、是非必要という訳でもなかった。その計画はその内、元からなかったかのように、立ち消えたのだ。

するとと玄泉が、眉を顰める。

「あの、その話のどこが、とっておきの話になるんですか?」

引き換えに、西方の世話を引き受けたということは、この話は辰馬にとって、金になるものだった筈だ。だからこそ西方が、お宝は敦久の所にあると言うと、辰馬は玉比女神社まで、敦久を追って来たのだ。

そして寝込んでいる先の、東春寺へ顔を見せてきた。

「消えてしまった公園地の話が、なぜ今、金になるんでしょう」

途端、坊主なのに分からないのかと、貧民窟の二人が大きな声で笑い出した。

「西方のおっさんによると、三つ目の公園地をどの町に作るか、既に決まってたってことだ。つまり潰される寺も、定まってた」

他へ移せる寺はまだ良いが、そうはいかない所とて多かったのだ。計画は、寺と僧達の明日を、脅かすものであった。

だが計画書は作られ、地図が用意され、公園地に建てる洋館を誰が設計するかも、考えが出ていた。勿論公園地の計画書には、発案者の名がしっかり記されていた。

「己の功績を、世へ派手に、知らしめたいと思ったんだろうな。名前を出してたんだ」

維新後の東京は、競争の激しい土地であった。古くからの地を大きく変える決断でさえ、躊躇っている間は無かったのだ。

「だけどさ、計画は上手くいかなかった。そして早、十六年が過ぎた訳」

廃仏毀釈の嵐も過ぎ、寺との関係は、時と共に落ち着いている。だから政府は今更、多くの寺と揉めるつもりはなかろう。

「つまり、以前なら出せた公園地の計画書は、表沙汰にしたくない物に変わった訳」

計画は、とんでもない災難の元に、化けてしまっていたのだ。

「寺の敵（かたき）として、今更名前を表に出したくない奴が、どこかにいるんだよ。公園地を計画した誰かは、その計画書を燃やす為なら、まとまった金を払うだろう。西方のおっさんは、そう言ったのさ」

大金を得る絶好の機会だと辰馬は言い、大きく笑う。

「事の首謀者が出世してたら、もっと良いな。当人より、そいつを蹴落とそうとしてる誰かの方が、大枚を払いそうだ」

西の地で、本当に寺を潰された誰かが、計画書を欲しがることもあり得た。この無謀な計画書を足がかりに、昔の鬱憤を晴らす為だ。その場合も、大きな金のやりとりが可能だ。今度は光男が、明るく言う。

「怖いよね。うっかり書面へ、己の名前など書くもんじゃないと思う」

光男は、書面が見つかって儲かったら、店をやりたいという。辰馬は、笑いを抑えられずにいるようだった。

「話が金に化けそうなんで、おれ達は西方のおっさんが、飢え死にしないよう気を配った。病は良くなってきたから、後はおれ達が書面を手に入れりゃ、万々歳って訳だ」

西方は昔、警察署の者から、僧や神職が、その計画書を見ていたと聞いたのだ。運の良いことに、その中の一人が、玉比女神社の敦久だと承知していた。

「だが、肝心の発案者の名前までは、分かってないんだよなぁ」

書面が今、どこに置かれているかも、はっきりしなかった。

「だからおれ達は、その書面を手に入れに来たのさ」

冬伯は、倉のあちこちを探りつつ、辰馬達が寺へ来た事情に納得し、頷いた。

3

「どうして敦久殿の所に来たのかは、納得した。西方さんが、敦久殿の名を出したからだ」

ただ。そういう事情で、寺町へお宝を探しに来たなら、多分、今回の宝探しは、期待外れに終わるだろうと、冬伯は辰馬へ言葉を向けた。

「は？　何を言い出すんだ。お宝探しを止めるため、適当なことを、言うんじゃねえぞ」

辰馬は怖い顔を見せ、光男は両の眉尻を下げる。そして、恐る恐る言ってきた。

「あの、お坊様、どうしてそんなこと、言うんですか？」

「そりゃだって、妙だからね」

何も無かったと、行李(こうり)の中を見せてから、冬伯は辰馬達の方を向いた。

「だってね、辰馬さんが話した書面は、結構沢山のお人が見てたんだ」

ならばその書面が、物騒なものに化けたとしたら、とっくに別の誰かが利用したと思われるのだ。

「西方さん一人が、その書面の価値に気が付いたというのは、少々無理がある」

もし大枚が儲かる話を、西方だけが分かっていたとしたら、何故今まで、その話で一儲けしなかったのか。

「いや、もっとおかしいのは、西方さん、そんな凄いお話を、どうして病んだ時の世話と引き換えに、話したのかってことだ」

警官時代の裏話と引き換えに、金を稼いでいたのではなかったのか？　ならばお宝話は隠しておいて、手元の金で、危機をしのぐことは無理だったのだろうか。

「訳が分からないんで、妙だなと思うんだよ」

横で玄泉も、真面目に頷いている。

するとだ。その落ち着いた話しっぷりが、却って気に障ったのか、辰馬は刃物をまたちらつかせ、もっと探せと言ってくる。

「勝手に決めつけて、お宝探しを止めようったって、そうはいかねえ。怠けると、あの宮司に刃物を突き刺すぞ」

だが、あるとは思えない書面探しにも飽きてきていた冬伯は、先程、書面の代わりに見つけたものを手に、辰馬と向き合った。

途端、辰馬より先に、玄泉が口を開いた。

「師僧、木刀をこの倉の方にも、置いていたのですか。書院にもありましたよね？」

「もらい物だよ。ほら私は相場師をしているから」

相場師というのは、江戸の頃から日の本にいるが、大人しくない連中なのだと、辰馬へ説明をした。

「江戸の頃も相場には、終わりの刻限があった。でも皆、取引に夢中になって、止めろと命じても従わないことが、多かったそうだ」

毎回なので、仕切っている者達もきっと、うんざりしたのだ。よって。

「終い(しまい)の刻限になったら、水をぶっかけて、相場師達の熱を冷まし、強引に終わらせることも多かったとか。まあ真夏でもなきゃ、御免被り(ごめんこうむり)たいことだな」

そんな相場師連中と、日々、駆け引きをするのだから、冬伯は護身用の木刀が扱える。冬伯の相場の師から、死にたくなければ扱いを覚えろと言われ、若い頃習ったのだ。

「だけどまさか木刀を、この東春寺で手にするとは、思わなかったよ」

臆すことなく構えると、辰馬の顔が険しくなった。

「けっ、木刀が使えるからって、何だというんだ。得物(えもの)を使うにはな、実際争った場数が大事なんだよ」

相場師達の争い事など、命も賭けず、怪我すらしない遊び事だと、辰馬は言ったのだ。そして、体を張っての勝負をしたことのない者が、木刀片手に、いい気になっても無駄だと言い切ってくる。

「本気でやり合う気なら、腹が据わってねえと。使う時頭が白くなって、役に立たないのさ」

「おや、この辰馬さん、肝(きも)が太そうだ。相場をしてみたら、面白いかもね。儲けるかもしれないよ」

冬伯が、辰馬から目を離さず言うと、存外落ち着いている玄泉が、首を横に振る。

「辰馬さんは、攻めるは上手くとも、引くのが不得手そうだから、無理ですよ。相場をやったら、一時儲けても、大損もしそうだ。いずれ、借金の山を背負ってしまうでしょう」

その容赦ない言葉を聞き、辰馬は倉内で顔を赤くする。

「勝手に人を判断すんなっ。おれは勝負事に強えんだよ。そうでなかったらこの歳で、貧民窟を仕切ったり出来ねえっ」

大声で言い切ると、辰馬はさっと構えを取り、冬伯と向き合う。

「要らねえこと言ってねえで、木刀を置きな。それとも本気で、この辰馬とやり合う気か?」

辰馬は冬伯から目を離さず、構えを崩さない。二人はゆっくりと間合いを保ちつつ、静かに動いていった。

じき、辰馬の目に、剣呑な光が宿る。冬伯がすっと、木刀を下段に構える。

その時だ。辰馬が突然、うはぁっ、という奇妙な声を出し、構えを解いた。

「おめえ、寝込んでた筈の宮司じゃねえかっ。何でこんな所にいるんだ? 逃げる気か?」

いや二本の足で、すぐ近くの堂から歩いて来たことは、辰馬にも分かっているだろう。ただ辰馬は寺に、宮司が逃げるのを止める為、正和と元助という、二人の仲間を残してきていた。

「なのに、あいつらはどうしておめえを、大人しくさせておかなかったんだ?」

すると宮司は辰馬を無視し、顔色を先ほどよりも更に青黒くして、冬伯へ頼んでくる。

「あの、薬はまだ出来ないのかな。胃袋が口から出てしまいそうなんだ。早く、薬を飲ませてくれ」

薬を作る薬研と薬草を、倉へ持って行ったのだ、そろそろ一服出来ている頃だと、敦久は我慢出来ず、倉までやって来たのだという。

「心配しなくとも……げふっ、逃げる元気など、私にはないよ」

「薬研をこっちへ運んだって、どういうことだ？　正和達は、どこにいるんだ？」

段々辰馬の声が、うろたえ、震えてくる。冬伯が眉を顰め、玄泉へ堂内を確かめるよう頼んでから、敦久を見た。

「薬研も薬草も、この倉へ運ばれて来てはいない。何があったんだ？」

その言葉を聞いた弟子が、辰馬の許しも得ず、さっさと駆け出していく。

「おいっ、勝手をするなっ」

辰馬が怒鳴った横で、敦久がまた吐いたので、冬伯が慌てて背をさすり休ませる。もう一人の貧民窟仲間、光男は、どうしたら良いのか分からなくなった様子で、顔を赤くし、倉の入り口近くに、ただ立ち尽くしていた。

冬伯、敦久、辰馬、光男が、東春寺の書院へ戻ると、先に戻った玄泉が、渋い顔を向けてきた。冬伯は、書院の入り口で、溜息を漏らすことになった。

東春寺の堂から、漢方薬作りには欠かせない薬研が、消えてしまっていたのだ。

懐の寒い冬伯が、残っていた薬草で作った胃の腑の薬も、熱冷ましも、やはりない。

その他に、薬草を量る天秤ばかりや匙、薬を入れておく硝子瓶もなくなった。冬伯は薬作りの道具入れとして、大きな西洋の鞄を持っていたが、その鞄ごとなかった。

更に、大事な寺の重箱や、冬伯が相場師仲間からもらった小皿など、売れそうなものは見事に寺から失せていたのだ。

冬伯は堂をあらため、直ぐに呆然として、立ち尽くした。

「やられた……そっくり盗られた。でもご本尊だけは助かったから、ありがたいと思うべきか」

相場をする為、冬伯は寺を留守にすることも多い。よって寺を建て直す時、本尊の入った厨子を置く場所には、鍵が掛けられるようにしてあったのだ。

玄泉は、辰馬達を睨んでいる。

「直ぐに運び出せるものを、東春寺から、ありったけ持って行ったようですね」

薬がもらえず、敦久が床へしゃがみ込んだので、冬伯は急ぎ、わずかに残っていた薬草の屑で、あり合わせの薬を作ることにした。

だが、薬草を刻む薬研はないし、薬をしっかり量ることも出来ない。火鉢や鉄瓶、重い急須はあったから、何とか薬をこしらえはしたが、唐辛子は入れずとも酷い味わいになったようで、飲んだ敦久は吐き出しそうになっていた。

ただそれでも、じきに吐き気は治まってきて、敦久は堂の柱に寄りかかり、ほっとした様子を見せる。

一方反対に、病人のような顔になったのは、思わぬ成り行きに声もない辰馬で、光男共々、歯を食いしばっていた。

冬伯は、座ったらと勧め、白湯を出してみた。何と、茶葉まで台所から消えたから、皆、白湯を飲むことになったのだ。

堂宇から見える雨は、いつの間にやら随分小降りになっている。冬伯は、坊主頭を掻いてから、話を始めた。

「やれやれ。今日の騒ぎが、こんな形に行き着くとはね」

薬研や、薬鞄が持って行かれたのは、きつかった。

「それでも、貧民窟との揉め事が終わったのはありがたい。いい加減にしたかったからな」

やや疲れた口調で言うと、辰馬がじろりと睨んでくる。鞘に入ったままの刃物で、どんと床を突き、まだ何も終わってはいないと、堂にいた全員へ言ってきた。

「おれは、ここへお宝を掴みに来たんだ。けちな盗みをしに来たんじゃない」

自分は今、貧民窟の頭として通っていると、辰馬は口にした。上野では、それを承知している者も多い。だがそれでも、顔を知る宮司がいる寺へ、辰馬は刃物と共にやって来たのだ。

「万一失敗したら、捕まる覚悟はしてた」

貧民窟の者などお縄になれば、警察から、塵芥のごとくに扱われるだろうと思っている。

「それでも勝負時と心得て、一世一代、お宝を得ようとしたんだ」

勝負に勝ち、大金が手に入ったら、人生を立て直せる。そこに賭けた。

「まかり間違っても、軽い腹づもりで来たんじゃねえ。なのに気が付いたら、相棒達が、漢方薬や寺の茶葉まで盗んでた。おれはいつの間にか、けちな泥棒の仲間になってたんだ！」

「仲間二人の行いは知らぬと、言い抜けないんだな。そんなところは、若くても頭ということか」

敦久がそう言うと、辰馬が寸の間黙る。冬伯は傍らから、どういう経緯でこういう話になったか、辰馬へ訊ねたが、返事がない。それで、己が考えたことを話し出した。

「お宝探しが、泥棒沙汰に化けたのは……そうだね、西方さんのせいだろう」

「はあ？　あのおっさんが、おれの仲間に、泥棒を命じてたっていうのか？　それともお宝の話自体が、大法螺だったのか？」

正和達はその嘘を知った上で、初めから寺社へ、盗みを働きに来たのだろうか。怒る辰馬へ、冬伯はゆっくりと話しかけた。

「いや辰馬さん、三つ目の公園地の話は、多分本当にあったんだろうと、私は考えてる」

実は冬伯は最近、新しき街並みを、東京のど真ん中に作るという話を、相場仲間から耳にしていた。

「いや、西方さんが話したっていう、浅草の話じゃない。新しい件は官庁街の話なんで、別口だ」

ただ、外国を真似た街を作る点、山ほど立ち退きが出る点が、西方の話と似ていた。

「その件には、今の外務大臣様が大いに関わってると、聞いているんだ」

大規模な市区改正があると、大きな工事が発注されるから、会社とやらに金が落ちる。相場が大きく変わる噂に、相場師は敏感であった。

「そしてだ、そっくりな話が今もあるからこそ、三つ目の公園地の計画も、本当にあっただろうと思うんだ」

冬伯の師僧は亡くなる前、酷く忙しそうにしていた。あの頃、三つ目の公園地の話が出ていたとしたら、あの時の様子も納得がいく。

「しかしね、浅草の公園地の計画が本物でも、それで大枚を稼ぐのは無理だと、西方さんは考えてたんじゃないかな」

「は？　坊さん、何でだ？」

「西方さんは、明治政府が関わるような、大きな話を、他にも知ってたんだよね？　でも辰馬さん、そういう話はいつも、わずかな銭と引き換えに、講談みたいに、皆に語ってしまってたんだろ？」

大きな話が実話でも、西方は脅しの元にすることも、新聞などへ売り込むことも出来ていなかった。警察を辞め、貧民窟暮らしになった男の話に、大金を払う者はいなかったのだ。

「そ、それは、そうだが……。でも、ちゃんとした書面があれば、話は違う筈だ。そうだろ？」

何故だか縋(すが)るように、辰馬が言ってくる。だが、光男は心細いような顔をしているし、冬伯達三人は、うんと言わなかった。

「三つ目の公園地の件は、途中でご破算になってる。つまり公園は出来なかったんだ」

冬伯が公園地の発案者だったら、計画書を突きつけられても、都市作りを学ぶ為の習作だと言って、突っぱねる。そういう書面が表に出ても、罪にはならないのだ。

「つまりお宝の件は、書面が見つかっても、金にはならんと思う」

途端、辰馬は大声を上げた。

「西方のおっさんは、儲からないと知ってたお宝話を、おれにしたのか？　信じられねえ」

風邪を拾って動けなくなった西方の、世話と引き換えにした、儲け話であった。ならば世話代、日々の食い物代よりも、何倍、何十倍も利が出る話でなければならない筈だ。

「でないと貧民窟の頭と、揉めることになる。そいつを、承知だったって言うのか」

するど、柱にもたれ掛かった敦久が、薬をなかなか飲ませてもらえなかったことへの、意趣返しを始めた。つまり辰馬へ、聞きたくないことを話したのだ。

「西方さんだが、己の世話と引き換えに、お宝の話をしたのか。なら多分、少し良くなったら、貧民窟から消えると思うよ」

「は？」

「金にならないという冬伯殿の考え、当たっていると思う。西方さんは最初から、儲からない話だと踏んでいたのさ」

　だから今まで、他へ話していなかった。

「お前さんは今、西方さんは、動けないような病を患ったと言った。で、誰かに自分の世話を、頼まなきゃならなかったんだろ?」

語るのに疲れたのか、病人の敦久が一旦言葉を切ると、冬伯が湯飲み片手に、その先を続けた。

「西方さん、多分少々の蓄えが、出来てたんじゃないかな。警官時代の秘密を売った金だ。貧民窟から出られる希望が出てきた」

だがそんな時、病で倒れてしまった。西方は、この先どうするべきか、決断をすることになったのだ。

4

冬伯の落ち着いた声が、書院の中で聞こえている。辰馬は既に、刃物をちらつかせる様子はなかった。

「病だからと近所を頼れば、金が掛かり、西方さんの有り金は消えてゆく」

しかも貧民窟で、金が懐にあると知られたら、残りの金も近くの者達に、奪われかねなかった。

「もっと早く、貧民窟から出れば良かったと嘆いても、後の祭りだ。だが西方さんは、持ち金をはたいて看病してもらい、もう一回金を貯め直す気には、なれなかったんだろう」

何故なら西方の銭の元は、警官時代に知った、裏事情だったからだ。金になるような案件は、その内尽きていく。その前に何としても、貧民窟から出なければならなかった。

「西方さんは腹を決め、大きなお宝話と引き換えに、世話をしてくれる相手を探した。書面が金になるとは、西方さんにも思えなかったろうが、大きな話なら、本当かどうか分かるまで、時間が掛かる。それに他に、適当な話がなかったんだろう」

時間との勝負であった。風邪が良くなって、自分が動けるようになるまで、誰かがその話を、信じ続けてくれることを願ったに違いない。その相手が、たまたま貧民窟の頭であったとしても、無茶を止めなかったのだ。

「そして敦久殿が、書面を持っていると嘘をついた。敦久殿を選んだのは、薬を貧民窟で配ったんで、顔と名を思い出したからかな。僧や宮司の名として、それしか思い浮かばなかったんだろ」

お宝を持っている相手として、具体的な名前をあげた方が、真実味が増す。要するに敦久は顔馴染み（かおなじみ）だったことで、西方に目を付けられてしまったのだ。

「だから西方さんは具合が良くなったら、貧民窟から消えると、敦久殿は言ったんだ」

辰馬はううと妙な声を上げ、冬伯を見てくる。歯を食いしばっていた。

「正和達が、東春寺の薬などを奪ったことにも、西方のおっさんが関わってると思うか？ あいつらは、おっさんにそそのかされて、おれを裏切ったんだろうか」

敦久と冬伯が、共に首を横に振った。今日、二人が薬を盗んだのは、本来なら敦久がいるはずの玉比女神社ではなく、東春寺だ。

「目の前に盗みやすい物があったんで、手を出したんだろう。薬なら軽い。全部かっぱらって売り払えば、貧民窟を出てもやっていけると、二人は思ってしまったのかね」

寺にとっては腹立たしい話だ。だが仏を恐れず、僧の物に手を出したその気持ちを、己もお宝を求めた頭なら、分かるのではないかと、冬伯は口にした。

「正和さん達は、お宝のことを、信じ切っていなかったんだろう。だから、盗みに走った。逃げる気力が尽きる前に、残飯を食らうような暮らしから、逃れようとしたんだ」

どこか、今いる場所でない所へ、逃げ出したい。惨めな毎日が、昨日も今日も明日も続くことなど、ない場所だ。誰かに助けてほしかったのだと思う。

「もし誰も、自分に手を差し伸べてこないとしたら……哀れな己が、ちょいと悪さをしても、御仏も怒らないと、そんな風に考えたのではないかな」

語る冬伯の声が、落ち着いている。

「お前さんのお仲間は、貧民窟の頭を裏切った。あの二人は困っても、もう上野へ戻ることはなかろうよ」

正和や元助にとって東春寺にあった薬は、手に入るかどうか分からない大金よりも、大事なもの、希望の元であったのかもしれない。

「希望？　はは、盗んだ品が、かい？」

辰馬は笑ったものの、その声には驚くほど力がなかった。そして不意に表の方を向くと、本当に西方が貧民窟からいなくなっているか確かめると言い、書院から出ていった。その後を慌てて光男が追う。

二人は、明日を賭けて手に入れに来た、お宝のことなど、何も言わずに去ってゆく。東春寺も、そこにいる三人のことも振り返らない。冬伯は、その遠ざかる背へ目を向けた。

（ああ、辰馬さんはいつの間にか、お宝探しを止めていたんだな）

いつ、冬伯達の話に納得したかは、分からない。それともただ、書面にある名と引き換えに、金を稼ぐのは無理だと思ったのだろうか。宝探しが、騙され、嵌められたものと分かって、うんざりしたのかもしれない。

「あ、雨音がろくにしなくなってる」

表のことを忘れていたが、目を凝らすと、まだ霧のような雨が、結構降っている。あれでは貧民窟に着く頃、辰馬達は濡れてしまうだろうと、冬伯は思った。

事が終わり、敦久と玄泉が傍らで、小さく息をついている。敦久の吐き気は、かなり治まったように思えたが、顔色がまだ悪い。

そして冬伯は、思わぬ闖入者が立ち去ったというのに、顔を顰めていた。

（亡き宗伯様は、辰馬さんが探していたお宝、三つ目の公園地の書面を、見たんだろうか）

師僧は、寺町ごと移転を強いられる場所の、寺の住職だったのだ。歓迎されない書面を、見たかもしれないと思う。しかし、証はない。

（師が亡くなったのは、その騒ぎが起きてから、間もなくのことだ）

公園地の書面は、宗伯の死と、関わりがあるのではと、段々思えてくる。

（それとも、私が勝手に、気にしているだけのことか）

冬伯の悩みは、何も終わっていないと分かった。


辰馬達が寺から消えた後、冬伯はしばらく不便を抱えた。敦久という病人がいるのに、薬草を刻む薬研が無かったからだ。

よって玄泉が心配し、行かないで下さいと十回くらい言ったのに、冬伯は、洋銀相場を張りに向かった。必要な品を買う為だからと、自分に言い訳していた。

すると、妙に冷静になっていたからか、久しぶりに冴え、冬伯は短い間に、かなりの利を出すことが出来たのだ。寺へ帰った後、泥棒に遭った憂さ晴らしに、相場で無理をしたのではと、玄泉が疑ってきた程であった。

「玄泉、心配のしすぎだ。私は約束を守る男なんだ。もう相場で、無茶はしないと言っただろ」

冬伯は帰りに求めてきた薬研で、たっぷり薬を刻むと、後は神社で休めばいいと、薬を持って敦久を玉比女神社へ送り届けた。そしてそこでまず、若い神職二人から、倒れる前に敦久が食べたものを、一通り聞き出すことにした。

また元兄弟子を看病するのはご免だし、今は叱られるより、叱りたい気分であった。よって神社の社務所で敦久へ、こう言い渡した。

「敦久殿、当分の間、卵は食べるな」

「えっ？　卵が不調の元ではないと思うのだが。長年食べているのだ。あれで調子を崩したことなど、ずっとなかったし」

「宮司は若い頃、卵を食べた後、何度か吐いていたではないか。今回も同じだ。私の許しが出ない内に食べ、また寝付いたら、今度は薬を出さないぞ」

二人の横にいた若い神職達が、宮司の食事には当分、卵を出さないと約束したので、敦久は好物を、しばし食べられないことになった。社務所で、隠しもせずに唇を尖らせると、敦久は、冬伯へ切り返してくる。

「冬伯殿、薬研を買い直したのだから、相場で勝ったようで、上々吉だ。だが、薬研を物取りに盗まれたこと、警察に届けたのか？　していないと思うが、何故だ」

冬伯は口を引き結んでから、盗みの件は表沙汰にしないと、敦久へ伝えた。

「東春寺の薬草を、結構な量盗られているのだ。下手に届ければ、勝手に漢方薬を売るつもりだったのかと、こちらが疑われかねん」

それこそ藪蛇で、気が付いたら物を盗られた冬伯の方が、巡査から取り調べを受けかねない。

「今、漢方薬を作り、配ったりするのは危ういんだ。だから先日の泥棒の話は、余所へ言わないでくれ。それを薬代とする。いいよな？」

すると敦久は、口元をひん曲げたが頷く。しかし、それでも黙らなかった。

「他にも、案じていることがある。冬伯殿、あの辰馬があれから三度ほど、東春寺へ来ているようだな？」

隣の神社には、筒抜けなのだ。大丈夫なのかと問われたので、冬伯は頷いた。西方が、貧民窟から本当に消えていたのを知った辰馬は、己も意を決したのだ。

「あの若いの、何と相場師になりたいと言ってきたんだ」

「おや、貧民窟の頭から、相場師に鞍替えしたいとな。冬伯殿、あの男は読み書きが達者なのか？　算盤は出来るか？」

基礎の学問抜きに、相場をやれるとも思えないと言ってきたので、冬伯は眉尻を下げた。

「貧民窟の内で、誰かから習ってはいたようだ。だが正直に言うと、どちらも足りん」

しかし辰馬の目が、貧民窟以外の地へ向けられたのだ。悪くない志だと、冬伯は口にする。まだ十代の若者が、明日を摑もうと動き出したのだ。

「辰馬が相場師になれるかどうかは、分からない。だが僧として、力を貸そうと思っているよ。歳を重ねてしまうと、あの土地から出にくくなりそうだから」

「自分を狙った相手に、手を貸すのか。冬伯殿は、お人好しというか」

敦久から、皮肉まじりの声で褒められたので、口が滑った。本当は、辰馬が調べ事をしてくれると言ったことも、助力を決めた理由になっていることを、冬伯はつい言ってしまったのだ。

「実は例の、寺町に作る筈だった、三つ目の公園地の件。あの書面を見たくてね」

途端、敦久が眉間に皺を寄せたので、慌てて言い訳をする羽目になった。

「金にもならないと言った書面を、何で騒ぎが終わった今、また探すのかって？　敦久殿、勿論、金が欲しい訳じゃない」

ただ、この寺町で、揉め事が起きたのだ。数多の寺社が、抵抗したに違いない。よって、寺の立ち退き話が出た時点で、本山が話に加わってきた筈と、冬伯は考えた。

敦久も、これには頷く。

「本山が、末寺の危機を放っておくことはない。そんなことをしたら、多くの末寺に、そっぽを向かれてしまうからな」

「それで思いついたんだよ。公園地の計画書があれば、写しがどこかの本山へ、送られてないか、問い合わせが出来るって」

とんでもない計画書を見た僧が、本山へ助けを求めたとすれば、覚えている限りの話を伝えた筈だ。その時、宗伯が何か揉め事に巻き込まれていたなら、話は一緒に、本山へ伝えられているかもしれなかった。

「だから辰馬に、力を借りてるんだよ」

辰馬は張り切って探していると、冬伯は言葉をくくった。

すると。

敦久は口元を歪めると、大きく息を吐いた。そして、つぶやく。

「やはりというか、冬伯殿はずっと、師僧の件に、捕らわれたままでいるんだな」

相場師になったというのに、わざわざ寺に金をつぎ込み、住職となった時、驚いた。もっと良い暮らしが出来るだろうに、冬伯が求めているのは、過去の真相なのだ。

一旦腕を組み、迷う様子を見せた後、敦久は社務所から境内へ目を向ける。そして珍しくも弟子達を呼び、わざわざ社務所へはしばし来るなと言ってから、話を聞いてくれと、冬伯へ下手に出て頼んできた。

「敦久殿、どうしたのだ？」

冬伯が戸惑っていると、元兄弟子の宮司は、いつにないほどきちんと、向き合ってくる。そして社務所の床に手を突くと、冬伯へ頭を下げてきたのだ。

「敦久殿？」

「一度、己の本心を晒し、冬伯殿と亡き師僧へ、謝らねばならないと思っていた。許して欲しい」

驚いて何も言えない間に、敦久はどんどん語り出した。

5

「正直に言う。私は冬伯殿が亡き師を、弔ってくれていることを、ありがたいと思っている」

維新後、神宮寺の僧でいられなくなった時、敦久は神職となり、寺から逃げる形となった。

「なのにお主は僧を続け、廃寺となった東春寺を買い戻してくれた」

寺は敦久が、育った所でもあった。それが元のようになったのだ。心底冬伯に感謝をしていると、敦久は思わぬことを言ってくる。正直、冬伯は戸惑った。

敦久はここで顔を上げると、冬伯の目を覗き込んでくる。

「ただ……我らの師は、もう亡くなったのだ。失って、もう長い年月が経っている」

いつまでその死を追う気かと、敦久は問うてもきた。

「寺を建て直したのだ。弟子も持った。お主なら、いつか檀家とて増やしていけるだろう」

ならば冬伯が、住職としてやることは、山とある。相場を張って、寺を支えているのなら、なおさら時が足りない筈であった。

「そろそろ、亡き師の弟子であった冬伯から、玄泉の師であり、東春寺の住職冬伯に、変わらないか。冬伯殿はその歳になってもまだ、宗伯様の弟子でいたいように思える」

そんな風だから、玄泉が時々、不安げにしているのではと言われ、冬伯は口を真一文字に引き結んで、要らぬ言葉が漏れるのを防いだ。言わない方が良いことまで、盛大に口から出てしまいそうだった。

そんなつもりはないのに、亡き師のことで今日もまた、この元兄弟子を責めてしまいそうだ。そして、それは何故なのか。

(私は、いつまでも宗伯様の、弟子でいたいのだろうか)

そう言われて、嫌でも気づいたことがあった。冬伯は、ずっと弟子でいたかった。師の傍にいた頃、明日を憂えたことなど、なかったから……。

(ああ、そうか。私は……いつも怖かったのだ。また、師を亡くした日のようなことが起きそ

うで、怖い。今も、怖い)

全てが崩れ去った日が、忘れられない。その大本が恐怖だとは、今の今まで考えてもいなかった。

(何と、まぁ……)

これが僧なのだろうか。寺の住職なのだろうか。思わず震えが走ったその時、冬伯は更に目を、大きく見開く。

敦久が更に、己が、今に至るまで苦しく思い続けてきたのは、何と、亡き師僧宗伯に甘えたことだと口にしたからだ。

「甘えた、とは……」

「明治になって、政府が立場を変え、神社と一緒にあった神宮寺が、無くなることになった。神社にて仏事を行っていた社僧は還俗(げんぞく)し、神職となるよう決められた。従わなければ本当に、廃職となり追放されるのだ」

社僧は妻帯が許されており、敦久にも妻子がいたから、社僧とは違う僧にはなれない。つまり、他の生業(なりわい)に移らねばならなかったが、ずっと神仏に仕えてきて、他にやりたいことも、やれることも、あるとは思えなかった。

「あの頃は、ただただ……明日が怖かった」

選ぶ道を間違えば、貧民窟の者達のように、生きるにも困る暮らしに陥ってしまいそうだった。敦久は新しい生業を、こなしていける自信がなかったのだ。

それでも隣の寺には、己を育てたも同然の師僧がいる。神職になりたいなどと言えたものではなく、敦久は決断出来ず、追い込まれていった。すると。

「私の余りに情けない顔を見て、神職になりなさいと、師僧が言って下さったんだ」

明日から、路頭に迷わなくてすむと思った。妻子を離さずに済んで、それがありがたかった。ただ、ほっとし、その言葉に甘えた。

「仏とは何かとか、神へいかに仕えるかとか、そんな考えは吹っ飛んでた。僧にはこだわってなかった」

そして敦久は神職となり、見習いとして遠い神社へ向かったのだ。東京を逃げ出せて、楽になった。

「暫くして、東京で師僧が亡くなられたと聞いたよ」

身内でない敦久は、東京へ帰ることを許されず、まだ若かった冬伯が、どうなったのかも知らなかった。

「恨まれるわな、兄弟子がこれでは」

随分後になって、ようやく東京へ来た時、寺は廃寺となっており、冬伯の行方は知れない。師の墓は見つけたものの、弟弟子は何日か捜しても見つからず、己はまた神社へ戻ってしまった。後日、敦久が玉比女神社に入った時、既に冬伯は、敦久の助力を必要とせず、己で生きていたのだ。

「ただ……済まない」

敦久はまた深く、頭を下げる。体がわずかに、震えているのが分かった。それを見て、冬伯にも、一つ分かったことがあった。

（私が昔を引きずったままでいると、敦久殿も、師を失った時のことを苦しみ続ける）

それが嫌という程身に染みて、冬伯は天井へ目を向けた。

大きく、長く、息を吐き出した。

「私も大概、酷い奴だな。一体何年の間、ここまで兄弟子を追い詰めていたのやら」

冬伯は一度、きちんと姿勢を正した。それから腹をくくり、敦久へ、もういいと告げてみた。自信がなかったが、その言葉をちゃんと言えた。

それで、前へ進む時が来たのだと、得心することが出来た。

「敦久殿の言うとおりだ。この先東春寺を、並の寺としてもり立てていく気なら、いつまでも、亡き師の影を追っていては駄目だ」

はっきり言われた今が、けりを付ける時なのだろう。顔を上げた敦久へ、冬伯は頷いた。

「辰馬が戻ってきたら、もう調べ事は止めるように言います。うちの玄泉も、喜ぶでしょう」

次の言葉は、より楽に言えた。この後、辰馬をしかるべき相場師に預ければ、今回の件に幕を引けると分かった。

「亡き師との昔を思うのは、命日のみと、決めようと思います」

時が埋めていったものとは、何なのだろうか。二人は顔を合わせると、師僧の死から一体何年経ったのかと、改めて昔を語り出した。

「明治になってからは、余りに色々あったから。何年だったかが、不確かになるな」

「そう……廃寺になったのは、明治の四年頃のことでした。もう十六年過ぎていたんですね」

二十年くらいは経っていると思っていたが、四年も違うと、冬伯が笑う。敦久も笑みを浮かべ、社務所の内に、小さな笑い声が聞こえた。

すると、その時であった。境内から足音が聞こえてきたのだ。

「おや玄泉、来たのか」

弟子が突然、玉比女神社へ顔を見せたのだ。どうしたと言いかけて、辰馬を連れてきたと分かり、笑った。

「ちょうど良かった。辰馬には、話したいことが出来たんだ」

若い姿へ声を掛けると、社務所で敦久がゆっくりと頷く。

だが辰馬も話したいことがあるようで、返事よりも早く、大股に社務所へ近づいてきた。そして敦久や冬伯が考えもしなかったことを、嬉しげに伝えてきたのだ。

「冬伯様、おれは手柄を立てたよ。すんごいものを見つけたんだ」

もちろんそれは、頼まれていた公園地の計画書ではない。物事は、そんなに都合良く進んだりしないのだ。

だがしかし。ここで辰馬は得意げな顔になって、社務所の端にある濡れ縁へ腰掛ける。

「冬伯様、おれ、公園地の計画書も探してたけど、ついでに、先だって寺から盗まれた物も、見つけたいと思ってたんだ」

漢方薬だけでなく、皿や重箱など、運びやすい物も盗られている。そういう物なら古道具屋で、見つけられるかもしれないと、辰馬は思っていたのだ。

「重箱なんか、そう高い物じゃないと玄泉さんが言ってた。ならば近場の店で、売ってるかもと思ったんだ」

するると、ある古道具屋で、辰馬は聞いていた柄の重箱を見つけた。更に横には皿や本など、同じ紋の付いた品がまとめて置いてあった。

「東春寺の物だと思ったけど、証がない。買うには金が足りなかったから、売らないでくれと店へ頼んできた。取り戻したいなら買ってくれや」

「おお、それはお手柄だ。ありがとうね」

冬伯が優しく言うと、辰馬は大いに頷いた。そして更に得意げに笑うと、冬伯の目の前に、虫食いのある古い糸綴(いとと)じの本を置いたのだ。

「おや辰馬さん、これは何だい」

「こいつは二束三文だったんで、今話した古道具屋で、こちらだけ買ったんだ。売った若い奴のことを聞いたが、正和だと思う」

寺のどこから見つけたのか、正和達は冬伯すら知らない物まで、持ち去っていたらしい。本には確かに寺の紋が付いている。首を傾げて手に取った時、冬伯はさっと敦久の顔を見た。

「宗伯師僧の手跡だ」

冬伯達二人は、急ぎ中を改めて、その後ゆっくり顔を見合わせることになった。

「師僧の日記のように思えるが」

敦久の言葉に頷き、冬伯は眉を顰めもした。

「師僧は、日記など書いておいでだったのか。敦久殿、知ってたか？」

「いや。初めて見た」

本をめくると、半ばまで行かない内に、白い頁（ページ）が現れてきた。どうやら亡くなった頃、書かれていた物のように思えて、今の今、昔と一区切り付けようと思っていた冬伯は、身を震わせる。

元兄弟子も、ほっとしていた顔が、既に強ばっていた。

（亡き宗伯様は、三つ目の公園地の書面を、見たのだろうか）

答えが、目の前の和綴じ本の中に、記されているかもしれない。更なる騒動が、騒ぎの解決を諦めたこの時、湧いて出てきたのだろうか。

欲しがっていた答えが、目の前にあるかもしれないのに、冬伯は手を、直ぐには動かせなかった。一人辰馬だけが、虫食いだらけの本へ、誇らしげな顔を向けていた。

お宝と刀

1

浅草にある東春寺（とうしゅんじ）の住職冬伯（とうはく）は、ある暮れ六つ時、書院の部屋を整えていた。冬伯の良く知る若者、辰馬（たつま）が、最近新しく仕事を得たので、明日、寺で祝いの宴を開くことに決めたのだ。

辰馬はまだ若かったが、上野貧民窟（ひんみんくつ）の頭（かしら）であった。そして東春寺へ乗り込み、刃物を見せつけ、物騒な宝探しをやらかしたのだ。それが冬伯達との、出会いであった。

だが、そんなとんでもない縁（えにし）が、辰馬に、思いがけない未来を運んできた。辰馬は、貧しい暮らしから這（は）い上がり、次の毎日へ踏み出していた。

「全く、信じられません」

師僧を手伝い、襖（ふすま）を取り払っていた玄泉（げんせん）がつぶやくと、冬伯は大きく頷（うなず）いた。

「本当にそうだよねえ。あの、刃物を振り回してた子が、役者になったんだから」

「冬伯様、信じられないのは、冬伯様です。ご自分を襲ったことのある相手を、どうして祝おうとするんですか」

辰馬と弟子の玄泉は、共に十代で、似た年頃だ。なのに相性は最悪で、ここのところは会うたび、角突き合わせていた。

「辰馬さんはいい加減で、私は祝う気になれません。貧民窟から出る為、最初は師と同じ、相場師になりたいと言ってたんですよ。なのに気が付いたら、役者になってたんです！」

派手で、楽な仕事が好みだからだと、玄泉は容赦が無い。冬伯は眉尻を下げた。

「玄泉、辰馬は己に向いた仕事を、見つけたんだ。良かったじゃないか」

「冬伯様、良くはございません。ご存じないのですか？　辰馬さんのせいで、師まで妙な噂を立てられているのですよ！」

冬伯は、のんびり首を傾げた。

「はて？　玄泉は、どんな噂を聞いたんだい？」

途端、玄泉は襖を立てかけ、片眉を引き上げる。

「辰馬さんは、芝居など素人だったのに、小芝居の座長と知り合い、急に役をもらいました。そうしたら、役者姿の焼き増し写真が、芝居小屋で良く売れたんだとか」

それで次の芝居でも役をもらい、役者を名乗るようになったのだ。しかし。

「素人役者がもてはやされたのには、訳があると噂されてるようです。辰馬さんは己で大枚を出し、自分の写真を買うことで役を得た。そう言われてるんですよ」

証もあると、その噂は続いていた。

「辰馬さんが世話になっている東春寺の住職は、一旦廃寺となっていた寺を、買い取っている。つまり辰馬だけでなく、住職も大枚を持っていた。不思議だと言われています」

素人役者や僧が、大金を持っていた訳とは何なのか。とんでもない噂が、東春寺を巻き込み、世間に広まっているのだ。

「我が師は、貧民窟の頭と組んで、隠されていた大金を見つけたことになってます。そして二人はそれを山分けし、その金で寺や役を得たとされているんですよ」

「えっ？　また書面の話が、世間を騒がせてるのかい？　あれ、違うって？　今度の話には、別口のお宝が絡んでいるのか」

玄泉へ、今度は何のお宝話なのかを問うてみる。冬伯は、思わず笑い出した。

「おお、徳川の埋蔵金が出てきたのか」

徳川の埋蔵金が、世間の噂になったのは、維新以来、何回目であろうか。

「徳川家に、本当にそんな埋蔵金があったら、維新の時、負けていなかったと思うけど」

いや、政権を返上し、静岡へ行った徳川家の者達が、真っ先に手に入れ、使っている筈であった。

「しかし、そういう話は聞かないよね。士族の人達は、随分苦労してるということだし」

そもそも辰馬が役者になった事情は、はっきりしていると言うと、それには玄泉も渋い顔で頷き、座布団を用意する。

「冬伯様が、辰馬さんを預けられる相場師を、なかなか、見つけられずにいたからですよね。辰馬さん、算盤が苦手だから」

困った冬伯は、八仙花のおかみに頼み、しばしの間、辰馬を料理屋で働かせてもらった。雑用から、店でやっている実話再現の怪談の端役まで、辰馬は何でもすることになったのだ。

すると辰馬の明日は、思いも掛けない方へと転がっていった。

まず小芝居の座長が、客として実話再現の芝居を目にした。すると座長は端役の辰馬へ、自分が主宰している小芝居にも、出てみないかと誘った。

「辰馬は、芝居映えする顔だってことだったね」

冬伯は頷く。

最初だから、やはり端役だったので、話はあっさり決まった。すると、目立たない役だったのに、その芝居で、何故か辰馬に贔屓が付いたという。

座長は試しに、辰馬の写真を売ってみた。すると、辰馬のものはおなご達に、よく売れたのだ。

面白がった座長が、辰馬をまた芝居に出し、じき、他の芝居小屋からも声が掛かるようになった。気が付いた時辰馬は、新米の役者と呼ばれていたのだ。

辰馬は、自分以外の誰かになるのが面白いと言い出し、座長らが、このまま続けろと背を押している。

「やりたいことと出会えたんだ、そっちへ進めばいい。どんな道でも、それで食べていこうと思ったら大変だろうが、辰馬は頑張るだろう」

褒めることに言葉を惜しまない冬伯が、辰馬は顔が良い、姿も良い、きっと山のように贔屓が増えると言ったものだから、玄泉は、苦虫を嚙みつぶしたような顔になった。

「師がそんな風に仰るから、辰馬さんが甘えるんですよ」

幼い頃から否応なく、厳しい貧民窟の暮らしを続けていた辰馬は、今は親も無く、甘い言葉に飢えているところがあった。最近は、優しく話してくれる冬伯に懐き、親とも兄とも思うと言い出しているのだ。

「あいつときたら、先日寺に寄った時、自分は役者向きだから、きっと売れると断言しました。あげく、冬伯様がじいさんになったら、自分が、楽をさせてあげると言ったんです！」

世話になっている師へ、楽をさせて、あ、げ、る、などと言うのは生意気だと、お堅い玄泉は怒っている。冬伯が苦笑を浮かべた。

「何で辰馬と玄泉は、揉めるのかねえ。歳が近いから、友になるかと思ってたのに」

「師僧、人には合う、合わないがございます。我らは無理ですよ」

「やれやれ。でもともかく、辰馬と私は、徳川の金なぞ見つけてはいないよ」

笑いを重ねた後、冬伯はふと、片付けの手を止めた。もう暮れてきているのに、境内の方から、声が聞こえた気がしたのだ。

「おや、今のは辰馬の声かな。夜も近いのに、手伝いに来たんだろうか？」

障子戸を開け、境内を見た途端、冬伯は堂の隅へ走り、置いていた木刀を摑んでいた。そして、風のように素早く庭へ降りると、魂消(たまげ)る玄泉の声を背に受けつつ、木刀を真剣のごとく構える。

境内に、廃刀令など忘れているのか、刀を構えた者が現れていた。

振り下ろされる刀の、わずかな輝きを見た途端、がっと嫌な音がして、木刀が刃をはじき、飛び退く。冬伯は、一旦相手の間合いから逃れ、辺りへ目を向けた。

冬伯のそばに、辰馬が座り込んでいる。相手が二人いることと、その殺気を確かめた冬伯は、大声で叫んだ。

「玄泉、玉比女(たまひめ)神社に、助けを求めに行ってくれ。敦久(あつひさ)殿に、巡査を呼ぶよう頼むんだ」

「は、はいっ」

玄泉が走り出すと、そちらへ男の一人が向かう。咄嗟(とっさ)に冬伯が木刀を振るうと、見事に躱(かわ)された上、逆に真剣を打ち込んで来た。冬伯は、また飛び退いて構え直す。

「拙(まず)いな、どちらもかなり強い」

二対一で、しかもこちらは木刀では、余りに不利であった。その上、辰馬は足を怪我したのか、上手(うま)く立てないようで、ふらつきつつ石を投げている。冬伯は、歯を食いしばることになった。

するとここで、敵方が構えを止め、殺気を緩めた。邪魔が来ない内にと思うのか、正面にいる方が冬伯と辰馬へ、声を掛けてきたのだ。

「おいっ、埋蔵金の件を、さっさと話せ」

「埋蔵金？　知らないよ、そんなこと」

相手へ噛みつきそうな顔で答えたのは、辰馬だ。その傍らで、冬伯は眉根を寄せた。

「埋蔵金とは。一体この東春寺へ、何をしに来たのかな」

だが暴漢達は、こちらからの問いには答えない。冬伯は木刀を構え直した。

(来る。今度は二人、一度に来そうだ)

受けきれないかと思った時、人が駆けてくる足音が聞こえてきた。

(こんなに早く、巡査が来る訳がない)

人を呼んでも間に合わないと思い、神職達がやって来たのだろうか。しかし素手で、刀を構えた男らに、どう対するというのか。

(もし、二人が別々の相手に斬りかかったら、私はどうしたらいい?)

敦久達の姿が見えてくる。

(どうする?)

男達二人が、刀を持つ手に、一寸、力を入れたように思えた。


翌日のこと、冬伯は上野にある小芝居の小屋へおもむき、座長に会った。そして、最近売り出し中の若手辰馬が、昨日の夕刻、道で襲われ、怪我をして、今は東春寺にいることを告げたのだ。

坊主姿が、突然芝居小屋へ現れたからか、辰馬の名が聞こえたからか、座長のいるこの部屋を、様々な年代の者達が覗き込んでくる。

（小芝居の役者か、芝居の裏方達かね）

冬伯は多くの目を向けられても気にせず、話を続けた。

「襲ってきたのは、二人の刀を持った男で、辰馬は足を折ってしまったんです。それでうちの寺へ、助けを求めてやって来ました」

大騒ぎになったが、隣の神社から大勢人が現れたからか、暴漢達は逃げ、辰馬と冬伯は助かった。玉比女神社には、たまたま客達が来ていたのだ。

「医者を呼び、辰馬の手当をしてもらいました。治ったら、元のように歩けるだろうということです」

この明治の世、折れた骨が真っ直ぐになったかどうか、体の表からしかと確かめる技はない。骨折は下手をすれば、一生足を引きずりかねない大事だから、元のように歩けると言われたことは幸運であった。

するとこの時部屋の外から、ささやき声が聞こえてくる。

「辰馬の野郎、足を折ったんだってさ。間抜けだねえ」

「医者は、辰馬が仕事に戻れるって言ったみたいだ。お前、残念だろ」

「なぁに、暫く役者はやれねぇさ。おれに役が回ってくるかもな」

「芝居をまた始めるまでに、二、三カ月かかるか」

「一人暮らしも、当分きついな。飯を皆で、届けなきゃならんぞ」

冬伯は、そのささやきを聞きつつ、辰馬は暫く、東春寺で預かると言ってみた。すると座長が唇を突き出し、坊さんに文句を言うのもなんだがと言ってから、小屋の座敷で遠慮無く、山のように不満をぶつけてきた。

「坊さん、辰馬は、自分が出てた芝居が終わった後、夕刻、上野駅近くを歩いてたんだよな？」

駅から少し離れれば、人通りも減る。暮れてきた道で二人の男に襲われ、辰馬は最初の一撃で、足を折られてしまったのだ。

「やり返すことも出来なかったとはな。あいつ、強いって話だったのに」

冬伯は辰馬の名誉の為に、二人の暴漢が、刀を持っていたことを告げる。

今は明治も二十年、廃刀令が出されて久しいが、維新前に刀を振るっていた者達は、まだ大勢生きていた。刀を手にすれば、見事に扱える者は多くいる。辰馬は昨夜、危ういところだったのだ。

「辰馬は寺町に慣れてたんで、幸運でした。東春寺まで、逃げてこられたんです」

しかし暴漢らは諦めず、寺の中まで追ってきた。二人は埋蔵金の件を話せと、訳の分からないことを口にしていた。

「ほう、埋蔵金とな」

「隣の玉比女神社から人が来てくれて、本当に助かりました」

己のことを言うのは煩わしく、冬伯は暴漢二人を、木刀で相手にしたことは告げなかった。

座長が頷く。

「坊さん達が怪我しなかったのは、幸いだ。辰馬が足を折った事情も分かった。養生すりゃ、怪我は元通りになるというから、不幸中の幸いだな」

辰馬が演じている端役の代わりは、いくらでもいる。芝居小屋の心配は要らないと座長が続け、部屋の外がまたざわめいた。

「でもな坊さん、辰馬の件に、問題がない訳じゃねえ」

座長は己の部屋の中で、目つきをぐっと物騒なものにし、冬伯へ向けてくる。怖いよ、怖いよという声が、外から、さざ波のように何度も届いてきた。

「辰馬が襲われて怪我ぁしたのは、上野の道だよな?」

ならば小芝居の小屋も、遠くはなかった筈なのだ。

「うちの小屋周りには、仲間の役者が多くいる。坊さんに縋らなくても、上野の小屋へ逃げ込めりゃ、暴漢から助けてもらえただろう。何でおれ達を頼らなかったんだ?」

足が折れた辰馬は、今の仲間である自分達を頼るべきだったと、座長は言ったのだ。辰馬から、何か訳を聞いてるかと問われた冬伯は、湯飲みを手にしてから、少し首を傾げた。

「それは暴漢が、道のどちらにいたか、という話ではないでしょうか」

上野へ向かう方角が塞がれたから、辰馬は浅草へ逃げたのだと、冬伯は単純に思っていた。

だが座長や、部屋の外にいる連中は、違うことを考えている様子であった。

「坊さんよう、おめえさんは今、埋蔵金と言った。徳川の埋蔵金と、坊さんの名前がくっついた噂を、おれは最近、耳にしたんだがね」

「徳川の埋蔵金？　あ、そういえば弟子の玄泉が、そんな噂があると話してましたね」

小芝居の小屋でもまた、埋蔵金の話を聞くとはと、冬伯は笑った。しかし座長は、口を歪めている。

「芝居小屋で広がってる噂によると、辰馬と坊さんが、大金を見つけたとのことだ。維新の頃、徳川方が残した大金を、二人は自分達だけで山分けしたんだとさ」

坊主は寺を買って住職となり、辰馬は役者になったと、噂は締めくくられていた。

「買った寺の名は、東春寺だ。その坊さんは、冬伯とかいうそうだ」

そしてその噂には、続きがあった。大金を得た二人は、いずれ誰かに襲われるだろうと、言われていたのだ。辰馬の周りにいる者達は、そう話していたらしい。

「驚くじゃないか。本当のことになったたな」

冬伯は、目をしばたたかせた。


「座長、日の本を支配していた徳川の埋蔵金を手にしたのに、私は廃寺となっていた、小さな東春寺を買った訳ですか？　埋蔵金とやらは、随分と少ししかなかったんですね」

冬伯が笑いつつ言うと、座長が、口をへの字に変えた。

「確かになぁ。辰馬にしたって、埋蔵金で手に入れたのは、小芝居の、ろくに台詞もない端役ってことになるな」

「うちの寺は、私が、相場で儲けた金で買ったんですよ。徳川の埋蔵金なんて、夢語りです。そんなものがあったら、徳川家は新式の武器を山と買って、新政府軍に勝ってたでしょう」

冬伯が落ち着いた声で言うと、座長は苦笑いを浮かべた。だがその内、笑いを引っ込め、すっと冬伯へ近寄ると、思いも掛けない話を始めたのだ。

「それがな、坊さんよう、徳川の埋蔵金は、本当にあるらしいんだ」

すると部屋の外からの声が、ここで一気に高まった。

「座長、それ、話しちゃうんですか？」

「やや……埋蔵金の話、座長も本気にしてたんですねえ」

寄せては返す波のような声は、高く低く聞こえ、何人が話しているのか分からない。

「もしや坊さんの方は、埋蔵金のこと、知らなかったのか？」

「辰馬が金を、独り占めしたのかね」

「いや坊さんは、しらばっくれているだけだろ。埋蔵金を使っちまったんで、今更この話が表に出るのが、嫌なんだよ」

「おやまぁ、部屋の外にいる座の皆さんは、埋蔵金の話を信じているみたいですね」

何故、今更あの話を信じるのか、冬伯は真剣に、座長へ問うてみた。

維新からこっち、徳川埋蔵金の話はお伽噺のように、繰り返し語られているのだ。だが、明治も既に二十年だ。夢物語のような噂に、今更皆が食いついているのも不思議で、冬伯は訳を知りたかった。すると座長の顔が、怖いものに変わった。

「その訳は、はっきりしてる。辰馬が皆に、徳川の埋蔵金はあると言ったからだな」

「辰馬自身が言ったんですか?」

そんな答えは考えの外で、冬伯が言葉を失う。すると座長が立ち上がり、冬伯を見下ろしてきた。

「坊さん、皆はあんたと辰馬が、金をせしめたと思ってる。もし違うと言うなら、何で埋蔵金との関わりを噂されたのか、事情を調べて、こっちへ教えてくれねえかな」

どうやら足を折った辰馬の代わりに、冬伯が噂の件を、調べろということらしい。さすがに承知とは言えなかった。

「何でそういう話になるんですか? 私は今日、辰馬の怪我を、告げに来ただけですが」

突っぱねてみたが、座長は引かなかった。そして大真面目に、何故冬伯が動くべきなのか、訳を話してきた。

2

その日の夕刻、東春寺の台所で大根を握りしめた冬伯は、深く溜息をつき、珍しくもまな板の前で愚痴をこぼした。

今日は飯と、大根と揚げの味噌汁(みそしる)、里芋の煮物、漬物という夕餉(ゆうげ)に決め、玄泉と作っているところだ。煮物はたっぷりと作り、昨日、駆けつけてもらった礼に、玉比女神社へ持って行くと決めてある。

「しかし何だって、私が徳川の埋蔵金の件を、調べることになったのだろう？　小芝居の座長ったら、辰馬を引き取った私が噂を調べて、始末をつけろと言ったんだよ」

埋蔵金が本当にあると言われては、金が気になり、役者達が落ち着かない。辰馬とて、逃げた暴漢に、また襲われかねない。つまり座長は、怪我が治っても辰馬を使えない。

ついでだが東春寺にも再び、暴漢が来かねないと、座長は言ったのだ。

「だから私が事を調べて、さっさと片付けろということらしい」

すると、傍らで里芋の皮を剝いていた玄泉に、怖い顔を向けられてしまった。包丁を手にしているから、誠に怖い。

「冬伯様。何でそんな妙なことを、引き受けたんですか。芝居小屋が困ろうが、辰馬がまた襲われようが、放っておくべきだったんです！　辰馬が上野へ帰れば、東春寺に妙な輩は来ませんよ」

すると当の辰馬が、台所脇にある火鉢の横から、文句を言ってきた。堂の部屋に一人でいても寒いし寂しいと、辰馬はよく、二人の側で過ごしているのだ。自分は役に立っているのだから、庇ってくれと言う。

「おれ、先に日記を見つけたじゃないか。あれ、先代の日記だったんだろ？　ほら、役に立ってるんだ」

冬伯は大根を切りつつ、この時寸の間、返事の言葉を探してしまった。

辰馬は確かに、冬伯の亡き師、宗伯の日記を見つけた。そして冬伯は、宗伯が亡くなった訳を知りたくて、長い時を費やしてきていた。

だが隣の玉比女神社の宮司で、元兄弟子の敦久と冬伯は、その日記を見て落胆もしたのだ。ここで怖い顔になった玄泉が、醤油を手にきっぱりと言う。

「辰馬さんが見つけた宗伯様の日記には、驚くほど何も書かれていませんでした。例えば宗伯様が亡くなった事情など、欠片も分からなかったんです」

分かったのは、師僧が医者に掛かっていたことくらいだ。この浅草の寺町一帯が、公園地になりかかっていた筈なのに、そういう噂すら、日記には書いてなかったのだ。

「冬伯様が作った食事とか、使いに出した用件とか、本山におられる、知り合いの御坊のこととかは、ありましたが。そんなことばかり分かっても、ねえ」

冬伯にとって宗伯の日記は、ただの思い出の品だと分かった。これ以上、昔のことは分からないだろうと、冬伯は日記を見てやっと得心したのだ。

「おかげで師は、ようよう先代が亡くなられた件に、区切りを付けるとおっしゃった。役立たずの日記が、冬伯様を諦めさせたんです。あれを見つけた辰馬さんには、確かに感謝してますよ」

「うっ……役立たずってことか」

「そして日記の件と、徳川の埋蔵金の件は別です。辰馬さん、何で埋蔵金が、本当にあるなんて言ったんですか?」

途端、辰馬は膨れ面となった。足が折れてから、玄泉との喧嘩は、いささか分が悪い。

「おれ、埋蔵金があるかないか、知らないぞ。その話をしてたのは、元警官だった西方のおっさんだ」

西方は、かつて辰馬が頭をしていた、上野の貧民窟にいた男だ。暮らしに行き詰まった西方は、警察にいた頃摑んだ、話の真相を売っていた。

「西方のおっさん、偉い御仁の関わった、でかい話も知ってた。けど、そういう話には大概証がなくて、売り物にはならなかったんだ」

それで大きすぎる話は小銭と引き換えに、講談でも話すようにして、貧民窟で語っていた。

「徳川埋蔵金の話は、西方のおっさんが、何度も語ったもんの一つだ。貧民窟の者なら、大勢が知ってる話だぞ」

辰馬も承知していたから、芝居がはねた後の酒席で酔って、皆へ話したことがあったかもしれない。正直な話、辰馬は覚えていないという。

「けど話の大本は、西方のおっさんだ。そしておっさんはもう、貧民窟から逃げて消えちまった。埋蔵金の話も、本当かどうか分からないよ」

そもそも証がなくて売れない、法螺話の一つだったのだ。それを聞いた冬伯が笑った。

「辰馬、その西方さんの法螺話を、教えてくれ。そのまま座長へ伝えるよ。実は辰馬に事情を聞けば、あっさり終わると思ったから、埋蔵金の話を調べても良いと言ったんだ」

「いいけど。でも冬伯様、西方のおっさんの埋蔵金の話、随分と短いものだったぞ」

大勢へ語る時、西方は話に、尾ひれを山と付けていたらしい。だが埋蔵金の話だけは、やたら、さっぱりしていたのだ。

「確か、徳川の埋蔵金はあるってことだった。ただ赤城の山とか、久能山にはないって言ってたな。冬伯様、何で赤城の山が、埋蔵金の話に出てくるんだろう」

「若いねえ。辰馬は維新の頃あった、埋蔵金の噂話を知らないのか」

冬伯は、鍋で出汁を取りつつ笑った。官軍は、前々から金が足りなかった。よって徳川の金蔵にある筈の金を、大いに期待していたらしい。ところがだ。

「官軍が江戸城へ踏み込んだ時、金蔵は空だったそうだ。その時から大勢が、城にあった筈の大金を、探し続けているんだよ」

赤城の山や久能山は、徳川の金が隠された筈の場所として、維新の頃から有名だった所だ。ただ、誰もまだ大枚を見つけてはいない。

「それで辰馬、西方さんが話していたのは、山のことだけかい？」

「ええと確か、金は持って逃げる訳には、いかないものだったって話してた。けど、どこにあるかは言ってなかったな」

「持って逃げる訳には、いかなかった金？」

冬伯と玄泉は、首を傾げる。

「運び出していないのなら、金はまだ、この東京にあるのかね。そして、まだ見つかっていない訳か」

冬伯は、千六本に切った大根を鍋に入れ、なぜ辰馬が狙われたのか、分かったと口にする。

「西方さんが話した噂話を、辰馬が貧民窟から、世間へ出したからだ。皆、埋蔵金が本当にあるなら、何としても欲しいんだよ」

そして事情を聞く相手は、どこにいるか分からない西方でなくても、構わない訳だ。辰馬が知っているのなら、辰馬から聞けばいい。

「えっ？　おれ、又聞きの話を、噂しただけなんだけど……」

「そして辰馬と関わりがあり、たまたま寺を買っていた私も、噂話に巻き込まれたんだな。あげく座長から、埋蔵金を手にしたと疑われた訳だ」

これは何としても早く、埋蔵金の話にけりをつけないと拙いだろう。この先、噂が広まっていったら、辰馬を襲ったような腕自慢の男達が、埋蔵金を求め、東春寺へやって来かねない。

「冬伯様、どうしよう」

辰馬が、溜息を漏らした途端、玄泉が里芋の刺さった包丁を、辰馬へ突きつけた。玄泉が、いつにないほど恐ろしい顔つきだったので、辰馬が後ずさる。

「あんたがうちの寺へ転がり込んだから、我が師僧が巻き込まれたんですよ。とっとと、芝居小屋近くの長屋へ帰って下さい」

飯の支度も無理だと、辰馬が情けない声を上げ、冬伯は包丁を握った弟子の手を、やんわりと押さえる。

「玄泉、辰馬が寺から消えても、世間にある、埋蔵金の噂話は消えないよ。そうだろう？」

それに里芋は突きつけるものではなく、煮含めるものだ。冬伯が言うと、玄泉は手早く残りの芋の皮を剝き、煮始める。

冬伯は味噌を手に取り、一つ息を吐いた。

「西方さんを捜し、埋蔵金のこと、詳しく聞いた方が良さそうだな。力を尽くして駄目だったら、座長に断ることも出来ようさ」

すると玄泉が、西方が見つからず、事が剣呑(けんのん)になってきたら、東春寺の本山にいる、亡き師僧の同輩に泣きつこうと言い出した。

「あそこなら、歩けず、暴漢から逃げられない辰馬さんを、預けられます」

師僧の友は、寺での地位も高く、頼れるお方だと聞いていた。そして寺は、江戸から遥か遠くにあるから、暴漢も近づかないに違いないという。

すると辰馬が己の髪の毛を押さえ、坊主になる決心はついていないと、泣きそうになる。

「坊主も、悪くありませんよ」

玄泉は、自分の坊主頭へ手をやってから、醬油を芋の鍋に注いだ。


その後、冬伯が大層丁寧に頼んだので、玉比女神社の宮司敦久が、西方捜しに力を貸してくれることになった。西方は、玉比女神社の氏子だったからだ。

冬伯は、自分一人で捜したかったが、そもそも顔を知らなかったし、足を折っている辰馬は、同道出来ない。承知した敦久はさっそく寺へ来て、頼りになるところを見せてきた。

「確か西方さんは、辰馬を裏切ったあげく、上野の貧民窟から逃げたんだったな。冬伯殿、行方知れずの西方さんだが、隅田川の東か、神田辺りへ移ったと思う」

「おや、どうしてその二つなんです？」

冬伯が堂で問うと、敦久はにやりと笑った。

「可能性の話だ。西方さんはこの近所、浅草の生まれなんだ」

東京の西、以前の武家地は、西方には馴染みがなかろう。神田の南、日本橋や京橋辺りは、浅草からかなり離れている上、繁華な地域だから、暮らすのに金がかかる。

「一方、上野や浅草だと、貧民窟から近すぎる。西方さんは、頭の辰馬と揉めてる。知り合いに出会うのは怖かろう」

まさか上方へ消えた訳ではあるまい。となると、残るは本所深川か神田だろうと、敦久は言ったのだ。冬伯は頷くと、最初に向かう先として、本所深川を選んだ。

「そちらにいると、確証がある訳じゃないです。ただ、神田より本所深川の方が、家賃が少しだけ安い気がします」

「ここで話していても、西方さんは見つからない。これから、本所深川へ行ってみようか」

二人は上野から人力車に乗り、神田川を南へ渡ると、両国橋の袂で降りた。隅田川を渡った先、東両国の盛り場は今日も賑わっており、そこから南へ足を向ければ、本所、深川へと道が続く。

「この辺りも大分変わってきたな。本所に知り合いの神社があるから、まずはそこで、西方さんが越してきてないか聞いてみよう」

途中、元岡っ引きや手下にも会う気で、二人は歩いて南へ向かった。すると道々、敦久が眉間に皺(しわ)を寄せ、ぼやいてきた。

「冬伯殿、それにしても最近、夢幻のような、大騒動の話が多くないか?」

少し前、浅草の寺町が、第三の公園地にされるところだったという話を、耳にした。そして今度は、徳川の埋蔵金という、維新後ずっと語られている夢物語が聞こえ、実際辰馬が襲われ足を折ってしまった。

西方は埋蔵金が本当にあると、貧民窟で語っていたという。敦久は、薄曇りの空を見上げ、眉を顰(ひそ)めた。

3

「冬伯殿、私は考えたんだ。あのな、本当にあるんじゃないかな」

「はい? 何がです?」

「埋蔵金だよ。徳川が残した莫大(ばくだい)な金だ」

明治も二十年になるのに、埋蔵金の噂話は消えていない。江戸城が官軍へ明け渡された時、長く日の本を治めてきた徳川の城に、軍資金が残されていなかったからだ。

「徳川は、官軍と戦っていたんだ。金が全くないのはおかしいと、皆、思ってる。だから埋蔵金の話を、世間は忘れないんだ」

辰馬が襲われ、玉比女神社の力添えで助かった後、敦久は埋蔵金の件を、久方ぶりにじっくり考えたという。その時、ふと、気になったことがあった。

「埋蔵金、見つかってたら、どうなったかなと思ったんだ」

冬伯は敦久へ目を向け、首を傾げる。

「何を聞きたいのですか？」

「冬伯殿が本当に、埋蔵金を見つけたとする。さてその後、どうなると思う？」

冬伯は、直ぐに答えた。

「埋蔵金が見つかったと分かった途端、明治政府が乗り出してきて、没収しますね。そうですね、お上は見つけた者に、少しご褒美を下さるかもしれません」

敦久も頷いた。徳川家が残した埋蔵金は、何百万両もあると言われている。それは秘密にしておくにも、誰かが独り占めにするにも、大きすぎる金なのだ。

しかし巻き上げられるのが嫌で、山などに隠したままでいると、他の者が見つけるかもしれない。眠れなくなるだろうと、敦久は続けた。

「ならば、一番良い方法は、だ。埋蔵金がなくては成せない何かに、使ってしまうことじゃないかな」

後から誰かが文句を言ったとて、埋蔵金が消えていては、どうしようもない。使った者勝ちだという。

「ならば敦久殿、御身なら埋蔵金を、何に使いますか？　直ぐに全額、後で明治政府が手を出せない物に、換えねばなりませんよね」

興味津々、冬伯は問うてみる。すると兄弟子は、人が大勢行き交う道ばたで、きっぱり言い切った。

「実は、分からん。ああ、大金を使い慣れておらんせいだな」

しかしと言葉が続く。見つけた後のことを考えたのには、訳があった。

「西方さんは貧民窟で、埋蔵金の話を安く語っていた。証がないからと、言ってたそうだが」

しかし西方は、法螺吹きではない。彼は警官時代に掴んだ真実を、多く金に換えていた。かなり続いていたのだ。事実を話していたに違いないという。

「そして西方さんは埋蔵金の話だけ、やたらと簡潔に話していたと、辰馬は言ってた」

つまり、もしかしたら。

「埋蔵金の話は、既に、誰かに売ってたんじゃないかな。だから西方さんは、詳しいことを語れなかった訳だ」

この考えは、存外外れていないだろうと、敦久は言う。西方は結構律儀で、売った後、詳しい話をしなくなった訳だ。

「うむ、良き思いつきだ」

賑やかな東両国の通りで、敦久が満足げに頷いている。よって勿論(もちろん)、冬伯はここで褒めまくった。人の良いところを見つけ、口にするのは、得意とするところであった。

「さすがは兄弟子です。素晴らしい思いつきだ。冴えてますね」

そんな西方の話は、信用があり、徐々に広がると、埋蔵金の噂に巻き込まれた辰馬を、暴漢が襲うことになったのかもしれない。

ただ。敦久と冬伯は、一寸顔を見合わせた後、揃って首を横に振った。

「良い思いつきだが、確証がない。この話が正しいと、言い切ることは出来ないわな」

やはり西方を捜さねばと、敦久が言う。冬伯は一つ息をついてから、もし誰かが埋蔵金を見つけ、金が使われていたとしたら、何を成したのか、両国の賑わいの中で考え始めた。

「そういえば以前、どこかの大臣が、東京を大改造したがっていると聞きました」

これから作りたいというのだから、この話に、埋蔵金が使われた訳ではない。だが使うとしたら、こういう大規模なものに、なるかもしれないと思う。

「東京の改造?」

「敦久殿、凱旋門や大通りのある、西洋を模した街を、東京に作りたいというお人がいるようです」

志は高いが、街を大きく改造するので、とんでもない予算が必要なことは、誰の目にも明らかだ。早々に政府からも反対が起きているらしい。

「だけど、徳川の埋蔵金があったら、そんな街でも作れそうですね」

ここで冬伯の声が、ふっと低くなる。

「そんな金があれば、浅草の寺町から数多の寺を退かせ、三つ目の公園地を作ることも出来そうだ。公園地の話は、随分前のことですし、まさかとは思いますが」

冬伯と敦久が、目を合わせる。

「徳川の埋蔵金は、まだ見つかっていない。ですから今まで、公園地の話と埋蔵金の関わりは、考えたこともなかったんですが」

でも、もしかしたら埋蔵金の話は、三つ目の公園地と、何か繋がっていたのだろうか。この時冬伯は、目の前から、賑やかな両国の風景が消し飛んだ気がした。自分が幼かった頃の、懐かしい江戸の風景が、戻ってきたように思ったのだ。

(何でだ？　宗伯様が亡くなった件は、区切りを付けると決めたのに。そう決めた途端、昔の話が思い出されてくる)

すると横から、兄弟子の厳しい声が聞こえてくる。

「冬伯！　まさかまた、亡き師僧のことで、頭を一杯にしてはおらんだろうな」

心配性の弟子、玄泉へ言いつけるぞと敦久から言われて、冬伯は慌てて首を一振りし、前へ目を向ける。賑やかで、江戸の頃とはかけ離れた町と人の姿が、目の前にあった。

明治となって、鉄道馬車が走り、道を人力車が行き交うようになっている。荷を運ぶのだけは、まだまだ舟が便利なのか、今日も堀川に多くの舟が行き交っているが、舟にちょんまげ姿など見なかった。冬伯の肩から力が抜ける。

「ああ、もう江戸ではないですね」

町は昨日と、大して違っていないと思っていた。でも気が付けば、江戸とは変わってしまったものが、明治の毎日を形作っている。

「私達はいつ、江戸と別れを告げていたんでしょう。気が付いていなかったが」

二人で苦笑を浮かべ、揃(そろ)ってまた、堀川の真っ直ぐな流れへ目を向ける。向こう岸の先に鳥居が見え、それを敦久が指さした。

「あそこが、これから向かう白比女(しらひめ)神社だ」

すると、その時だ。隅田川の方から、東へと向かう舟が目の前を横切っていく。荷と人を乗せたその舟を見て、傍らで敦久が魂消た。

「冬伯っ、大変だっ」

「敦久殿、どうされました?」

「あれ、あそこの舟に乗っている男。捜している西方さんだ。うん、間違いないっ」

「えっ? 本人がいた?」

敦久が手を振ると、西方が気づき、臆することも無く舟から手を振り返してくる。ただ、堀川をゆく舟は止まらなかったので、冬伯達は慌てて、岸を走って追うことになった。


寺へ帰った後、冬伯達は西方を見つけたと、玄泉や辰馬へ伝えた。西方は後日、東春寺へ来てくれることになっていた。

出会ったものの、冬伯達は、詳しい話をすることが出来なかった。西方は、所用でどこかへ向かっている最中だったのだ。

「西方さんは貧民窟を出た後、ある店が持っている寮の、番人をやっていると言ってた」

本所で長屋を借り、並の暮らしを始めたところ、元警官だったことが役に立ち、職を得たのだ。

落ちついたからか、敦久から辰馬が襲われた件を聞くと、西方は寺へ見舞いに行きたいと言い出した。以前辰馬に迷惑を掛けたことを、ずっと気にしていたらしい。

辰馬が貧民窟の頭を止め、今は役者になっていることを、西方は承知していた。今なら、自分の馬鹿を詫びやすいと思ったようだ。

「寺へ来たら、西方さんは辰馬へ詫びた後、埋蔵金の件について話してくれるそうだ」

茶を淹れていた玄泉は、ならばその席に、小芝居の座長も呼んで欲しいと願ってきた。

「辰馬と西方さん、それに座長に、直に会ってもらうんです。師僧に、辰馬さんが関わった噂を調べさせるより、自分達のことは当人らで、片付けて欲しいものです」

冬伯と敦久、双方が頷く。

「その場で、埋蔵金の件は、終わりにしたいね」

「冬伯様、敦久様も来られるのでしたら、いつもお世話になっている礼に、囲炉裏で鍋料理でも出しましょうか」

玄泉が言うと、堂で大人しく話を聞いていた辰馬が、湯豆腐が食べたいと言い出す。冬伯が笑った。

「大人数分でも簡単に用意出来るし、では湯豆腐にしよう。他に、煮物や漬物の大皿を出せば、精進物でも皆さん、満足して下さるだろう」

当日の夕刻、西方は遅れず、東春寺へ姿を見せた。他の顔も集うと、冬伯は客達を、辰馬が待つ寺の囲炉裏端へと招く。

そこには、自在鉤(じざいかぎ)に掛かった湯豆腐の鍋があり、味噌を添えた風呂吹き大根と、野菜や餅を入れて煮含めた巾着、漬物の大きな器が並べてあった。座長や敦久が嬉(うれ)しげな顔で、そそくさと座を占める。

ただ、ここで西方だけは、まず板間の端に膝を突き、辰馬へ頭を下げた。西方は以前、貧民窟を仕切っていた辰馬を、舌先三寸、騙(だま)したことがあったのだ。

「その、頭。やっちゃいけない馬鹿をして、申し訳なかった。おれは……どうしても貧民窟を出たくて……」

すると辰馬は、今まで貧民窟の頭として、どう振る舞ってきたのか、態度で示した。若くとも辰馬は、あの地をきちんと仕切っていたのだ。

「西方のおっさん、貧民窟を出た後、無事本所で仕事を見つけて、落ち着いたんだって？　なら、馬鹿をしただけのことは、あったって話だ。良かったな」

辰馬とて、いつか貧民窟から出たいと思っていたのだ。だから。

「おれを騙した話は、もうしなくていいよ。でもおっさん、二度と同じことはするなよ」

繰り返したら、誰かに倍返しをされるかもしれない。せっかく貯めた有り金を全て、失うこともあり得た。

「また、貧民窟へ行くはめになるのは、嫌だろ？」

「済まん。恩に着る」

辰馬が大人びて見えると冬伯が言い、座が沸く。西方も囲炉裏の周りに腰を下ろし、皆、取り皿を手にした。

「先に、芋の煮物をもらった時も思ったが。冬伯殿は、随分と料理の腕を上げたようだな」

敦久が、大根料理を褒めてきたので、弟子が料理上手なのだと冬伯が返す。寺で世話になっている辰馬が頷いて、冬伯に任せてもいいのは、飯炊きと味噌汁だけだと言うと、座長が笑い出した。

「いや、笑って済まん。坊さん、おれも似たような腕前なんだ。座の役者達から、芝居の千秋楽を祝う宴の、支度には加わるなと言われてる」

「座長、湯豆腐は、この冬伯が用意しましたが、近所の豆腐屋は腕が良い。美味（おい）しいですよ。味噌は玄泉が作ってますし」

「ごちそうになるよ」

男ばかりが集うから量が大事と、冬伯は山と豆腐を買っていた。すると玄泉と辰馬の若い二人は、熱いと言いつつ、飲むように豆腐を平らげていく。

一方他の四人は、いつの間にか座に現れていた般若湯（はんにゃとう）を、燗（かん）にして楽しみ出した。

「やっぱり、夕餉には一杯必要だよな。頭の痛い話をする時でも、美味（うま）いもんと酒は、欲しいってもんだ」

「あれ、座長さん、今日は頭の痛い日なんですか？　おれは辰馬さんへ、もう、ちゃんと詫びましたが」

西方が首を傾げると、座長は、自分も迷惑を被っているから、ついでに頭を下げろと言い出した。

「辰馬が突然襲われ、怪我をしたのは、埋蔵金の噂のせいに違いない。おかげでおれは、目算が狂った。売れっ子になりそうな役者に出会うのは、難しいんだぞ」

辰馬はおなごが騒ぎ、写真が良く売れる、期待の星だったのだ。なのに長いこと休業となって、大損だという。

「へえ、元頭ときたら、そんなにおなごにもてているんですか。意外ですねえ」

座長に、化粧映えする顔だと言われ、他に言いようがないのかと、辰馬が膨れている。座長は笑ってから、西方を見据えた。

「それで、西方さんに聞きたいんだが。徳川の埋蔵金の噂は、ずっと前からあったもんだろう。どうして今更、辰馬と坊さんが、困り事に巻き込まれたんだと思う？」

座長の声が、ちょいと怖かったので、冬伯は慌てて一献注ぎ、座長の口を塞ぎにかかる。だが西方はここで、存外打たれ強いところを見せた。とりあえず、冬伯や座長へも頭を下げた後、けろりとした顔で巾着煮を食べつつ、埋蔵金の話を語り始めたのだ。

「私は警察をしくじって辞め、身を持ち崩しちまった男です。ええ、貧民窟で暮らすことになり、食うにも困ってました」

だから警察時代の、上役が保身のため隠してしまった事件、つまり埋もれていた真実を売り、飢えをしのいでいた。

更に、辰馬が大怪我をすることになった件、埋蔵金の話なども売ろうとしたが、実は、そちらは失敗したと言い出し、まず、ぐい飲みを傾ける。

「徳川の埋蔵金は、余りにも有名な話だったんで。世の皆さんも、結構詳しく承知してたんですよ」

4

西方は、かつて埋蔵金の話を売ろうとしたが、誰も買ってはくれなかったのだ。

「えっ？　話を売るのに失敗してたって？　おっさん、じゃあ何でおれは、埋蔵金がらみの噂を立てられて、襲われたんだ？」

すると西方は、座に六人以外はいなかったのに、ふっと声を落としてから続きを語った。

「その、実は一度……頭であった辰馬さんの名を、使わせてもらったことがあるんです。自分に手を出したら、うちの怖い頭が、黙っていないぞって。そのせいかも」

そして冬伯も巻き込まれたというなら、辰馬との縁故だろうと、西方は言う。二人には、本当に申し訳なかったと、あっさりした声が続いた。

「おっさん、どんな話をした時に、おれの名を出したんだ？」

西方が、囲炉裏へ目を向け、身を小さくした。そしてこの話は売ったものだから、本来もう余所へ、話してはいけないのだと口にする。

皆の目が、三角になった。

「いえ言います。私は、徳川の金の話を、金に換えたことがあります。ですが、随分と前の話でして」

「徳川の金？　今の今、埋蔵金の話を売ることに、失敗したと言ってなかったっけ？」

「まあ落ち着いて、聞いて下さいな」

その話を摑んだのは、貧民窟へ来る前のことだと、西方は語っていく。警察にいた頃、部屋から廊下に漏れ聞こえてきた話を、耳にしたことがあった。だから、部屋内で誰が話していたのかすら、分からなかった。

「しかも、余りに大きな話でした。徳川の埋蔵金の話です。勿論、証などありません」

大した金になるとも思えなかったが、面白い話だと思った。それで気軽に、一杯おごってくれるのと引き換えに、聞きたい者はいるかと、西方は署内で相手を探したのだ。

「そうしたらある日、警察の上司に、料理屋へ連れて行かれました。部屋に、護衛の者達を連れた、偉そうな人が座ってました」

その男は名乗りもせず、徳川の金の件を、西方から聞き出した。そして、どうしてこの話を承知しているのか、問うてきたという。

「正直に、たまたま警察の廊下で、耳にしたと言ったら、溜息をつかれました。そして二度と、その件は口外してはいけないと、念を押されたんです」

その時口止め料なのか、幾らかもらったことを覚えている。話を金に出来た訳だが、間に入った上司が酷く不機嫌だったので、大分渡すことになり、余り残らなかったという。

「ただ、その時、私は覚えてしまったんです。余所へ語れない話は、金になる。証があれば、更に高く売ることが出来るだろうって」

警察を辞め、貧民窟で警察の話を売った時、その考えは当たっていると分かった。

だが、ようよう貧民窟から離れた後、名も知らないお偉いさんの、護衛をしていた男達と、道でばったり会ってしまった。そして、以前西方が偉い男に語った話を、教えろと言われたのだ。

「あの日、護衛は横で、話を聞いていた筈でした。でも、私とお偉いさん、双方が分かる話は端折ったので、傍の者には、よく分からないことも多かったみたいですね」

それで西方は咄嗟に、世間がよく知る徳川の埋蔵金の話を、赤城山の名など出し、語った。

ただ、物騒な男達とその後も関わるのは、ご免だと思った。

「あの席で、徳川という言葉が出ていたから、信じるかもしれないと思いました」

ただ確証はなく、刀を持った男達に付きまとわれそうで、心配になった。それで西方は……辰馬の名を出してしまったのだ。

「お、おれの名前？」

辰馬が目を見開く。西方は、申し訳なさそうに言った。

「私がまだ貧民窟にいることにして、頭の辰馬さんは自分の味方だと話したんです」

自分に手を出したら、怖い頭が黙っていない。だから埋蔵金の話にも、西方にも、もう絡んで来るなと念押しした訳だ。

敦久が酒杯を置き、苦笑を漏らす。

「あーっ、そういう言い方をしたんで、男らは辰馬が埋蔵金のことを、西方さんから聞いていると思ったんだな」

辰馬の名と埋蔵金が繋がり、噂が流れた訳だ。皆が深い溜息をついたが、西方はその後も、話を止めなかった。

「ただ、ですね」

「おや、まだ何か、言うことがあるのかい？」

座長が目を向けると、西方が、大事な話を、まだしていないと言う。

「つまり、ですね。皆さんも、あの怖い護衛達も、分かっていないことがあるんです」

西方は豆腐を手に、一人、深く頷いている。

「何のことを、言ってるのかって？　それは、ですね。私は今、徳川の金の話を、売ったと言いましたよね？」

それは、本当のことなのだ。しかし。

「その金の話ですが。実は護衛の二人に話した、徳川の埋蔵金のことじゃありません。官軍が、江戸城に残っていると期待していた、徳川方の軍資金ではないんです」

「は？　じゃあ、どういう金なんだ？」

問うたのは敦久だったが、囲炉裏の周りにいた他の皆の目は、西方に集まった。注目された西方は、何故だか晴れがましいような顔で、先を続けてゆく。

「徳川の金というと、例の軍資金と思いそうですが」

西方は、違うと言い出したのだ。

「徳川方が残した金は、他にもあったんです」

「別の埋蔵金があった？　金が無いと言われていた、徳川にか？」

「二つ目の埋蔵金ですが、実は例の徳川の埋蔵金より、確かにあった金だと、私は思ってます」

話を摑んだ時、その金の噂をしていた者は、既に使い道を話していたという。

「金額も、おおよそ分かってます。軍資金の埋蔵金のように、何百万両もあると聞きました」

西方は、徳川の軍資金の話も知っていて、その額は八百万両だという噂も聞いたが、実は、三百六十万両であったという話を摑んでいた。それが幕府の軍資金の額だと、語っていた幕臣がいたのだ。

「そして二つ目の埋蔵金は、何故だか二手に分かれているとか。片方の金額が、百七十万両だと聞きました」

「百七十万両！　明治政府が乗り出してきそうな額だ！」

辰馬が声を上げ、この時ばかりは玄泉も、頷いている。

「そのぉ、本当に、別の埋蔵金があるのか？　どちらも徳川の金だというが、実は同じ金の話でした、ということじゃないのか？」

敦久が言うと、西方は囲炉裏の前で、別物だと言い張った。

「その金ですが、あることは分かっているが、直ぐに動かすことが出来ないものだったと聞きました」

それで大政奉還後、静岡へ移った徳川家は、金を持って行けなかったというのだ。

「直ぐには動かせない？　でも、軍資金とは違いますね。徳川の埋蔵金があったとしたら、それは江戸城の金蔵にあった筈です。千両箱に入った小判だ。勿論動かせます」

よって徳川方は幕末、この軍資金を急ぎ、どこかに隠したと言われている。そして、未だに見つかっていないのだ。

「つまり、動かせない二つ目の〝徳川の金〟は、やはり軍資金とは別の金なんです。一国を治めていた徳川は、桁外れの金を、幕末になっても持っていたんですよ」

「驚いた。こんな話が転がり出てくるとは、思わなかった」

冬伯が唸ると、座を囲んでいた皆も頷く。つまり徳川には戦費として使える、莫大な金があったのかと、敦久が溜息を漏らした。

「よくぞ徳川方は、外国を巻き込んだ長い戦争を、選ばなかったもんだ」

早々に大政奉還が行われ、官軍が政権を取って、どちらが日本を治めていくか決まったから、日の本も庶民も救われたのだ。西方が重々しく言った。

「そういう大枚が絡んだ話に、巻き込まれたんです。辰馬さん、足を折られただけで済んで、助かったと言うべきでしょう。人死にが山と出ても、おかしくはない金ですよね」

もう大丈夫だとでも、思っていたのだろうか。しれっと語られて、辰馬が癇癪を起こした。

「何でそんな物騒な話に、関係ないおれを巻き込んだんだっ。自分が狙われろよっ」

辰馬が皿を投げ、玄泉と冬伯が、必死に次の一振りを止める。だがその間に、こちらは誰も止めなかった座長が、西方へ思い切り、平手を喰らわしていた。

西方が悲鳴を上げ、怒りの声が続き、囲炉裏端は一旦修羅場と化した。だが冬伯が、これ以上騒ぐと、全員へ水をぶっかけると脅し、強引に皆を落ち着かせた。相場師冬伯は、時として怖いのだ。

「とにかく、今後のことを話したいから、喧嘩は止して下さい。しかし、何とも大きい話になってきたな」

放っておいて収まるとは思えないと、冬伯は溜息をつく。となると強引にでも、何とか火消しをせねばならなかった。

「辰馬と私は、埋蔵金に関わっていると噂されてます。噂に尾ひれが付いて、どう話が転ぶか分かりません。建て直した東春寺に、火でも付けられたら、かないませんから」

隣に立つ玉比女神社の宮司、敦久がぎょっとして、急ぎ頷く。冬伯は酒杯を置くと、今抱えている問題と、やるべきことを、紙に書き出していった。
一、徳川の埋蔵金は、あるのか。あるとしたら、どこにあるか。

二、二つ目の徳川の金は、直ぐに動かせない金だという。どういう金で、今、どこにあるのか。
三、辰馬と冬伯が関わった噂を、どうやって消すか。
四、二人の暴漢達を、いかに諦めさせるか。また辰馬が襲われてはかなわない。
「とりあえず、考えねばならないことは、こんなところでしょうか」

四つの文を見て、まず敦久が言い切った。

「一つ目の、徳川の埋蔵金だが、我らにとって、緊急の問題ではない。放っておこう」

日の本中に、埋蔵金を探している者は多くいる。運が良い者が、いつか見つけるかもしれず、それで良かろうという。

二つ目、金の話は、もっと西方から詳しく聞きたいと、辰馬が言った。自分が巻き込まれた噂に、関わる話なのだ。

「おっさん、その話を聞いたのは、いつ頃なんだ？　それは分かってることだろう？」

皆が西方を見ると、当人は首を傾げてから、かなり昔のことだったと言った。警察で、まだ下っ端の立場だったからだ。

「そう、明治五年に、大火があったのを知りませんか？　ああ、辰馬さんだと若いから、分からないか。あの火事より、前の話だったと思います」

「そりゃ、随分早い時期だな」

となると、もし徳川の金が本当にあったとしても、今も残っているかどうか分からないと、敦久が言う。

「ならば三の、冬伯殿や辰馬が関わっている噂を、どうにかするのが先だ。いや暴漢達の件と一緒に、手を打つべきかね」

「うーん、暴漢を何とかするって言ったって、相手がどこの誰だか分からないのに、どうしたらいいんだか」

器用なことに、辰馬は豆腐と漬物を交互に食べつつ、悩んでいる。

すると玄泉が、思わぬことを言い出した。

「西方さん、あなたは警察時代、元上司に連れられ、名も知らないお偉いさんと会ったんですよね？　その時、お偉いさんを護衛してた二人が、今回辰馬を襲った暴漢という訳だ」

「そうなりますね」

ならば暴漢と西方には繋がりがあると、玄泉は言う。

「西方さんの元の上司なら、お偉いさんが誰なのか、承知している筈です」

座にいた皆が、一斉に頷いた。冬伯が、西方へ言う。

「なら護衛の名前も、辿れば分かる筈だ。居場所だって分かるかもしれん。その上司に頼んで、暴漢達を東春寺へ呼び出してもらってくれ。上司には、座長が幾らか払うから」

間に人が入るということは、身元が知れるということだ。それを承知で寺に来るなら、暴漢達が暴れる恐れは小さかった。

だがここで、勝手を言い出した冬伯へ、座長が文句を向ける。

「おい、おれが金を出すのか？　何でだ」

返事は何故だか、敦久がした。

「我らは暴漢の件、さっさと終わらせたいんです」

だが、以前も西方から金を受け取ったという上司は、きっと、ただでは動かない。だから、少し出せという冬伯の言葉は正しいと、敦久は言ったのだ。

しかし、座長の文句は続く。

「だからって、何でおれが……」

「座長、早く事が収まれば、辰馬が芝居に戻れて、写真が売れますよ」

敦久が座長を言いくるめ、囲炉裏端で、あっという間に話がまとまっていく。

「とにかく西方さんが動き、暴漢達と会う予定を立てるのが、第一だ」

しかし西方は、困ったと辰馬へ告げる。

「は？　西方さんは、元上司の住まいを知らないって？　元警官だろ。警察の知り合いを介して、調べろよ。大丈夫、分かるって」

分かったことは、東春寺へこまめに知らせてくれと、敦久が決めている。いつの間にか東春寺は、集った者達の、拠点のようになっていった。

5

西方は無事、元の上司を見つけた。そして座長が出した金は、大いに役に立った。

元上司は懐が寂しかったようで、金の話を出すと、暴漢二人を見つけ、話をつけてくれたのだ。

冬伯、玄泉、敦久、座長、辰馬、西方の六人が待つ寺へ、二人がやって来る。斬り合いにな
ることなく、話が始まると、一同ほっとした。

沼田と大山と名乗った二人へ、足代だと言ってまず幾らか出され、金は早々に彼らの懐へ消
えた。だが西方が、直ぐに動かせない埋蔵金の話をすると、酷く不機嫌になった。

「おれ達を誤魔化す為に、そういう作り話をしてるんじゃなかろうな」

もしそうなら、ばれた後が怖いよと沼田が言ってくる。西方は、この話を一番詳しく知って
いるのは、自分ではなく、二人が護衛をしていた、お偉方だろうと話した。

その途端、二人は東春寺の天井へ目を向けた。

「あーっ、それが本当なら、もうその百七十万両は、残っちゃいないな」

「あの時から、随分時が過ぎてます。あのお偉方が、そんな金、残している訳がないでしょう
な」

沼田と大山、二人ともが言い、畜生、遅かったかと首を横に振っている。あっさり百七十万
両はもうないと言われ、東春寺の皆は目を丸くすることになった。

「えっ？　どうやったらそんな大金、使えるんですか？」

玄泉が、おずおずと言うと、怖い顔をしていた元護衛達が、ふっと笑い出した。

「我ら庶民には、使い道すら思い付かないよな。けど、あのお偉方、政治家だから」

金を使うとなったら、桁外れのものを、躊躇いもせずに使っていたと、二人は言い切った。

それが出来ないと、明治の世、政治家ではいられないのだそうだ。

「軍の物資を買い、街を作り、鉄道馬車を走らせる。どれも、信じられないような額が、吹っ飛んでいくものなんだぜ。明治になってから、山のように新しいことが現れてるが、間違いなく全部、恐ろしい金食い虫さ」

護衛達は安く雇われているのに、目の前で語られている話は、金を桁違いに遣うものばかりだった。しかも明治九年には廃刀令が出て、刀を持つのを禁止されると、二人はあっという間に、護衛の職を失ったのだ。

「だから噂の金を、幾らか奪ってやろうと思ったんだが。その金、とっくに消えてるな。そんなこととは、思わなかったよ」

沼田がうんざりした顔で言い、大山はうなだれている。どちらも、金に困っていることは、間違いなさそうに思えた。

「つまり、無い金を奪いには来れないってことですね。冬伯様も辰馬さんも、もう心配しなくともいいようです」

西方がそう断言し、座長がほっとした顔になった。しかし冬伯は、目の前でうなだれている者を見て、安堵が出来ずにいる。そして永年貧民窟で、極貧の者達をとりまとめてきた辰馬も、このままの終わり方では、得心出来ない様子であった。

辰馬はしばしの後、座長へ、何故だか芝居のことを語り出した。

「座長、こんな時になんだけど。前に舞台でおれを、叱ったことがあったよね。立ち回りの場面だった」

小芝居では、江戸や、それ以前の頃の話が、今も沢山演じられていた。立ち回りの場は結構人気があり、辰馬も端役で刀を構え、舞台に立つことがあるという。

「お、おう。何だ、急に」

「おれだけじゃなく、他の皆も結構、座長達から叱られてたよね。立ち姿が決まってない。刀を扱えるようには見えない。そういう奴を斬っても、主役が強そうに思えないって」

途端、わははと座長が笑い出した。

「最近の若いのは、刀と縁がないからね。腰のどちら側に差すのかって、本気で聞いてくるんだぜ」

「おや、本当ですか」

大山が、目を見開いている。

足さばきもなっていないから、本物の代わりに、軽い竹光を大小二本差すと、重そうに見えない。斬り合いも軽く、お粗末なものに見えてしまい、それではお客から銭を払ってもらえないと、座長達は頭を抱えているのだ。

「お前さんの立ち回り、ありゃ酷かったよ。だが辰馬、何でこんな時、その話を出すんだ？」

座長がそう語った途端、冬伯にはその意図が分かった。それで大いに頷いて、辰馬の考えに、乗ることにしたのだ。

「おお、辰馬から良い話を聞きました。丁度、徳川の埋蔵金を、諦めた時でもあるし。お二人の元護衛さんは、新たな仕事を求めておいでででしょう」

だから、つまり、丁度いいではないか。

「お二人は、小芝居の斬られ役になったらいかがでしょう」

「はあっ？　き、斬られ役？」

座長と元護衛達、双方が声を上げ、他の面々は呆然としている。冬伯は黙らなかった。

「襲われた時、見ただけですが、刀を持っての立ち姿は、素晴らしく決まってました」

人が殺せそうな程であった。辰馬は実際、夜道で出会い頭に、まず鞘で打ち付けられ、転び、足を折ってしまったのだ。

「このお二人なら他の役者にも、立ち回りのことを教えられるでしょう。どちらも三十代半ばから、四十ってところで、急に台詞を言うのは難しいでしょうけど。暇になるようなら、裏方を手伝わせればいいですよ」

「何と辰馬、坊さん、本気なのかい」

座長が冬伯と辰馬を見つめ、うめく。

だが、斬られ役の件で文句を言い出したのは、何と座長ではなく、西方だった。

「辰馬さんよぅ、お前さん、自分を殺しかけた者と一緒に、仕事が出来るのかい？　男達を小芝居に出したら、芝居中、辰馬さんの近くで暴漢達二人が、竹光を振るうんだぞ」

斬られかけた時を、思い出さないでいられるのか。いや、しれっと自分の罪を忘れ、明日を楽しみに待つようになった者達へ、腹が立たないのだろうか。

「辰馬さん、本当に大丈夫なのか？」

しかし、その言葉を終えた途端、隣に座っていた敦久が、西方へごつんと拳固を喰らわせた。

「つい先ほど、お前さんは辰馬に、もう裏切りの件は忘れてもいいと、許してもらったばかりだろうが」

自分は楽になりたいが、他の者が許されるのは、納得出来ないのか。敦久から問われて、西方は首をすくめ、黙り込む。

「きちんと謝りなさい」

冬伯からも言われ、西方は済みませんと、元護衛達に謝った。そして、しばし黙っていた後、もう一度深く頭を下げると、思わぬ言葉を続けた。

「その……さっき、もういいと言ってもらったんで、凄く嬉しかったんだ。この場には、坊さんや宮司さん、小芝居の座長もいる。もしかしたら、人付き合いが増えるんじゃないかって、期待した」

貧民窟まで落ちた西方は、それ以前の縁が、見事に切れていると言われ、沼田達がうめくような声を出した。今回、警察の知人を訪ねた時、西方は歓迎されなかった。身内や縁者達も、西方が背負った底なしの貧乏を恐れ、とうに離れているという。

「なのに、辰馬さん達を襲った二人が、座長達と、縁を作るって話が出た」

暴漢だったのに、さっさと人との縁を得るのかと、羨ましくなった。寮番はありがたい仕事だったが、西方はほぼ一日、人とは会わずに過ごしているのだ。

「それで、意地の悪いことを言った」

どん底の貧乏からは抜けたが、西方は今、寂しく暮らしているらしい。

すると辰馬は西方へ、自分は元護衛の二人が怖いよと、あっさり言った。

「襲われたんだ。あいつらには、今も腹が立ってる。おれ、神仏じゃないし」

ただ辰馬は貧民窟で、曲がりなりにも頭と呼ばれていた。そんな立場になるまでに、あの金に困り切った者達の中で、嫌というほど、様々なことを知ってきたのだ。

「裏切りも、欺しも、殴り合いも、夜逃げも……そりゃあ色々あったな。おれだって、一人ご立派に、生きちゃいなかった」

だから、諦めを覚えたと言う。そして、次を始めることが出来るなら、さっさとやることにしているのだ。

「西方のおっさん、寂しかったら、東春寺の檀家になるこった。ここは檀家が少ないから、冬伯様は歓迎してくれるよ」

たまに寺へ来れば、寂しさも減るだろうと辰馬が言うと、西方は冬伯を見てくる。

「おや、檀家が増えましたか」

冬伯は笑うと、では、新米の檀家さんには、早速力を貸して頂こうと言ってみた。今、皆が話している時、冬伯は、思いついたことがあったのだ。

「西方さんは、誰かに昔の話をするのが得意です。それで金を稼いでいたんですから」

ならばこの後、徳川の金はなくなったと、新たな噂を流してはもらえないだろうか。

「そうすれば、辰馬も東春寺も、落ち着きます。元護衛さん達は、新たな仕事を得ましたし」

つまり、埋蔵金の話は消えていくだろう。冬伯がそう言うと、皆が頷く。

しかし当の元護衛達は、まだ呆然としていた。二人にとって冬伯の提案は、ただただ魂消るものであったようだ。

「俺達が、小芝居の斬られ役になると、いつの間に決まったっていうんだ?」

襲った相手から呼び出された寺で、どういう話をすることになるにしろ、まさか芝居の話が出るとは、思ってもいなかったらしい。

更に座長も、眉を顰めたままでいる。ただ、襲われた辰馬が承知しているのに、座長が怖がっているのかと冬伯から言われ、腹を決めてくれた。とにかく二人は、上野の小屋へ、来てみろと言ったのだ。

「刀を扱えるんなら、舞台でうまいこと斬られてくれ。出来る筈だ」

目が皿のようになった二人は、それでも帰りはしなかった。そして話が終わると、三人が人力車で上野へと向かうのを、冬伯達は門前で見送ることになったのだ。

「最後は、不思議な話になったな。もっとも、あの暴漢達が、ちゃんと小芝居に居着けるかは、分からないが」

だが嫌だと思ったら、小屋を離れればいいだけだ。冬伯が、ようよう今回の騒ぎにも、終わりが見えてきたと言うと、玄泉が言葉をくくった。

「今回は、徳川の埋蔵金に振り回されましたね」

そして東春寺の暮らしは、元のように、暇になっていった。そろそろ裏方仕事を手伝えと言われ、辰馬もじき、小芝居の小屋へ戻った。

するとー月も経った頃、辰馬が、新たな剣劇芝居を、見に来てくれと手紙をよこした。怪我はかなり良くなったが、まだ当人は、芝居には出ていない。

「おや？　何とあの暴漢の内、大山さんが、斬られ役で出ると書いてあるぞ」

だが、沼田の名はない。隣の敦久も誘い、三人で剣劇を見に行くと、大山が舞台の上にいて、冬伯達は見入ることになった。

かけ声を出すだけで、台詞などない役だったが、竹光を構えた姿が、どしりと決まっており、格好が良い。見事に斬られた時には、客席から声が上がっていた。

「おお、本当に斬られ役になったんだ」

芝居が終わると、三人は小屋裏へ回り、辰馬達と会った。魂消たことに、大山は一座へ来て一月ほどしか経っていないのに、馴染んだ様子で、こまめに裏方仕事もこなしていた。

「何と、顔つきも変わっているよ」

辰馬によると、座長が本当に、大山を剣術の師としたので、驚くほど真面目に役者達へ教えているらしい。そして座に居着くと、お宝の話はしなくなったという。

「大山さん達には、先の暮らしが見えなかった。だから大金がなきゃ生きていけないと思って、必死に埋蔵金を追いかけてたのさ」

だが、一旦居場所が見つかると……大山は発熱が治まるように、大金を語ることがなくなったのだ。ただ。

「もう一人の沼田さんは、三日保たなかった」

ここには明日の希望がないと、言っていたらしい。暗い顔つきの者を、辰馬も座長も引き留めず、沼田は姿を消した。

「あいつは一人でまた、お宝を追っかけてるのかな」

辰馬が用で座を外すと、代わりに大山が冬伯達の側へ来て、深く頭を下げてきた。

「お三方には、お礼の言葉もありません。おかげさまで並に働いて、食べていくことが出来てます。先々のことも、考えられるようになった。この歳になって、やっと」

己が求めていたのは、埋蔵金ではなかったと、もう大枚を求めなくなって、初めて分かったらしい。やたらとほっとしたと大山が言い、出来たら自分も、東春寺の檀家にしてもらえると、嬉しいと言ってくる。

「おや、また一人増えるのか。だが、この辺りには寺が山とある。うちでいいのかい？」

「辰馬さんが、誘ってくれました。同じ寺の檀家になりたいです」

檀那寺が出来れば、人との縁が太くなって、毎日の暮らしがしっかりすると教えられたらしい。大山は、道で人を襲ったことが嘘のように、裏方仕事を喜ぶ暮らしを始めていた。

「裏方の方が、浮き沈みなくやっていけると言われました。ええ、ありがたいです」

(たった一月しか経っていないのに。こうも変わるか。しかし、怖がっていた大山さんのことも、寺へ誘うとは。辰馬は度胸の据わった子だよ)

安堵に包まれた、大山の顔つきが柔らかいと、冬伯は弟子に語った。

「じゃあその内、寺へおいでなさい」

住職として声を掛けた後、座の者の呼ぶ声がして、大山も、その場を離れようとした。だが足を止めると、小さな声で三人へ、一つ言い置いていく。

「あの、もう興味はないかもしれませんが、一つだけ」

大山は、思わぬことを口にしたのだ。

「私と沼田さんが、初めて西方さんと出会った時、護衛の仕事をしていた政治家の方ですが」

先日は、初めて冬伯達と話をした時だったから、大山は名を出せずにいた。しかし、今はこうして、東春寺の檀家になったのだから、住職へは告げておきたいと言ったのだ。

「その時の雇い主ですが、今、大臣になってます。外務大臣」

何でも、東京を作り替えようとしているとかで、大きな力を持っている人だという。

「えっ？」

その噂は、冬伯も聞いていた。

「ご存じですよね」

もう一度仲間に呼ばれ、大山は去って行く。冬伯達は、思わぬ立場の名を告げられ、寸の間声も無く、芝居小屋の裏に立ち尽くしていた。

道と明日

1

　ある日冬伯と弟子は、寺の書院で、東春寺の檀家達を待っていた。寺の倉をいかに修繕するか、話し合う為だ。

「何しろ、金が掛かりそうな困り事だから。こういうことは、きちんと檀家方と、話をしておかねばならないんだ」

　しかし東春寺は、そもそも檀家の人数が少な過ぎる。つまり倉を直すには、冬伯が相場で稼ぐしかないだろうと、実は分かっていた。

　ただ、いずれ寺を継ぐ弟子玄泉の為、冬伯は折に触れ、東春寺へ檀家達を迎えているのだ。

「檀家さん達との付き合いも、経験の内だ。さて今日は、何人来られるのかな」

　つぶやくと、玄泉は傍らで、顔を出す檀家の名をあげていった。

「まず井十屋の主、昌太郎さん。あ、済みません、小間物屋井十屋さんは、西洋小間物を扱う、夢屋さんと名を変えたんでしたっけ」

役者になった辰馬と、士族の大山、元警官の西方も来る。

「他にも亡き師僧、宗伯様の頃の元の檀家が、お三方戻って来られたんですが、何故だかお三方とも、今日はおいでになれないとのことでした。せっかく東春寺へ戻ってこられたのに」

多分、寄進を頼まれると察しを付け、逃げたのだろうと、玄泉はあけすけに言う。冬伯は、東春寺に七人も檀家が出来たとは、嬉しいことだと笑った。

「相場で金を作り、寺は買い戻したものの、暫くは玄泉と二人きりだったからね。やっと本物の寺らしくなってきた気がするよ」

「冬伯様、七人しかいない檀家さんですが、貧乏な方も多く、倉一つ直せません。つまり寺の為、師僧はこれからも、相場を続けることになると思います」

玄泉は溜息をつき、いつになったら冬伯の相場通いを、止めることが出来るのかと嘆いている。若い弟子は、心配が過ぎる性分なのだ。

「玄泉、細かいことを気にしていると、禿げるよ」

「私は既に、剃髪しております！」

すると二人の声に、聞き慣れた明るい声が混じってきた。

「冬伯様、久しぶり。ご贔屓からの差し入れ、持ってきたよ」

声の主は貧民窟の元頭、辰馬で、役者が板に付いてきたのか、段々華やかな雰囲気を、身にまとい始めている。斬られ役専門の役者、大山も共に現れ、間を置かずに、昌太郎や西方も顔を揃えてきた。

ただ相談事が金の話だからか、囲炉裏端に集まった檀家達が、金を出すのは無理と返事をするのも早かった。商人の昌太郎さえ、商売替えをしたばかりで、余所へ金を回すゆとりなどなかったのだ。

冬伯は早々に、頷くことになった。

「仕方ない。今回も私が相場で、何とか稼ぎましょう。倉の壁を、ひびが入ったままにしておいては拙かろうし」

そもそも、東春寺を続けていく為の金も、未だに相場師としての冬伯が頼りなのだ。玄泉が、己が情けないと溜息を漏らすと、そういう心持ちなのは、檀家一同も同じだと、珍しくも辰馬が同意する。

すると他の皆も、一斉に頷いたので、冬伯はいささか戸惑うことになった。

(はて、檀家の皆はいつの間に、親しくなっていたんだろう)

既に何度か、皆を東春寺へ呼んでいたから、付き合いがあってもおかしくはない。だが、何か不思議な連帯を感じ、冬伯が首を傾げていると、辰馬が話を続けた。

「あのさ、冬伯様。おれは檀家になって以来、寺へ金を出せたことがないんだ」

そして、何度か顔を合わせている他の檀家達も、同じだということは分かっている。

「つまり今回も、住職である冬伯様が、金で苦労することになる。冬伯様は、檀家が少ないから仕方が無いと、きっと言って下さるだろうけどさ」

寺のことはいつも住職に、おんぶに抱っこと、なっているのだ。

「でもさ。おれ達もそろそろ何とか、寺の役に立ちたいんだ」

そしてだ。何故だか今回、幸運にも、役に立つ良き機会に巡り合えたと、辰馬は囲炉裏の灰を掻きつつ言い出した。

「はて、何があったのかな」

期待というより、いささか怖いものを感じつつ、冬伯と玄泉が目を見合わせる。すると士族で、元は護衛をしていた大山が、大きく頷いてから口を挟んできた。

「住職、自分がかつて護衛をしていた方が、外務大臣になっていることは、以前言いましたよね。徳川の埋蔵金の話を余所でするなと、西方さんに口止めした御仁です」

冬伯は黙って頷いた。すると大山は、外務大臣が気にしていた埋蔵金の話を、自分達は再び聞いたと言ったのだ。ここで檀家仲間の昌太郎が、小さく手を挙げた。

「ええと、その話を掴んだのは、私です」

昌太郎は最近、西洋小間物の商いで、築地の居留地へ行くことが増えていると語った。

「今の東京には、鉄道馬車や蒸気船があります。店から離れた場所に住むお客様の所へも、気軽に出向けるんでありがたいです」

西洋小間物を売るようになった夢屋には、外国人の馴染み客も出来たらしい。その縁で、居留地のパーティに招かれた昌太郎は、亜米利加人達の、思わぬ話を耳にしたのだ。

「外国の商人達は大勢来ていて、酒片手に楽しく話してました。すると話題の途中で突然、今の外務大臣の名が出たんです」

冬伯達の耳にも入っていたように、外務大臣は明治の東京に、新しい街や通りを作りたいと願っているらしい。よって商人達はそれに力を貸し、大いに儲けたいと言っていたのだ。

ただ、彼らは心配もしていた。

「内の一人は、外務大臣の払いを危ぶんでました。以前、煉瓦街の道を作り、埋蔵金というものを使ったそうです。だが一度、浅草で公園地を作ることには、失敗している。今度はどうなのかと、案じてたんです」

「浅草で公園地を作ることには、失敗した？」

思わぬ話を聞いた昌太郎は、咄嗟に聞き耳を立てた。外つ国の者達は、日本の商人など気にもせず、東京に住まう者が知らないことを、更に語ったのだ。

「一人が、煉瓦街へつぎ込んだ金は、江戸時代に積み立てられていた金の、半分にも満たない筈と言ったんです。公園地は作らなかったのだから、金は相当残っている。だからこそ外務大臣は、街を作ろうとしているんだと話してました」

冬伯と玄泉が、目を見開く。

「江戸の頃の……積み立て？　何だ、それは」

「話が途切れたんで、なりふり構わず客人達へ、確かめたんですが。彼らも詳しくは知らなかったんです」

外国人の商人達は、外務大臣に金があり、商売が出来るかを気にしていた。江戸の頃の事情には、興味を持っていなかったのだ。

だが、自分達が噂でしか知らない金の件を、彼らはかなり掴んでいた。昌太郎は、詳しいことを知る者は他にもいそうだと言い、冬伯は深く頷く。

「埋蔵金が、積み立てられていたものとは、考えていなかった。でも、あり得る話だ。江戸の頃日本は、遅れていたように言われるが、金の面では結構進んでいた。相場だって、江戸の昔から盛んだったんだ」

そして埋蔵金が積み立て金ならば、思ったより多くの者が関わっており、調べることが出来るかもしれないと思う。

「面白いことを、探り出してきたね」

冬伯が口にすると、囲炉裏端で昌太郎が嬉しげに笑う。そして、せっかく公園地のことを掴んだのだから、一気に冬伯の永年の気がかり、宗伯の死について、確かめてはどうかと口にしたのだ。

「えっ……」

冬伯と目を合わせた後、玄泉の顔が直ぐ、酷く不機嫌なものに変わった。冬伯は慌てて、檀家達へ声を掛けることになった。

「いや、その件は、もう諦めることにした。玄泉に、はっきりそう言ったのだ」

だが西方は、首を横に振る。

「冬伯様、さっぱりさせたい気持ちが、無くなった訳じゃないでしょ。でさ、おれたちは考えたんですよ」

三つ目の公園地を浅草に作るという、無茶な話が出ていた時、宗伯は亡くなっている。

「そしてさ、外務大臣は大山達のように、腕の立つ者達を雇っていたし。宗伯様は、土葬じゃなくて火葬だったし。だから以前よみうりに〝ころされた〟なんて、書かれたんだ」

今となっては、宗伯の死因もはっきりしないが、すっきりした終わり方になっていないのは、確かだ。

「つまり確かめるべきことは、宗伯師僧が病で亡くなったのか、それとも外務大臣のせいで、亡くなったかのか、だと思う」

それがはっきりすれば、冬伯はすっきり出来る筈なのだ。

「おい、下手に外務大臣を突いて、冬伯様に迷惑を掛けるんじゃないよ」

しかし玄泉が文句を言ったので、辰馬は、そこも考えていると返してきた。

「もし外務大臣に罪がなかったら、大変だもんな。こういう話は、万に一つ間違えちゃいけない。おれ達も分かってます」

冬伯が呆然としている間に、辰馬は話を更に進めてゆく。

「それでおれ達、本当のところを、その外務大臣へ直に聞いて、確かめようと思いついたんだ」

当人の言葉なら、間違いは起きようもないからだ。

「それに、もし外務大臣に会えたら、三つ目の公園地の子細も、話してもらえるかもしれないしね」

「あの、相手は偉いお大臣だ。どうやって会うんだ？　無茶をしてはいけないよ」

するると昌太郎が、心配する冬伯へ笑みを向けた。

「お役所や、大臣の屋敷へ押しかけたって、会うことは無理でしょう。でも冬伯様、我ら檀家は、今度こそ役に立つんです。四人は、それぞれ〝つて〟を持ってるんですよ」

「つ、て？」

昌太郎が、にやりと笑った。大臣は東京で、新しき西洋風の街並みを作ろうとしている。であれば、外国の物資の調達が出来る商人と、会いたいだろうと言ったのだ。

「つまり、建築に関わる外国の商人達であれば、きっと外務大臣と話せます」

そして昌太郎は、築地の居留地に住む、商魂たくましい外国人商人達と縁がある。それが昌太郎が持っている〝つて〟であった。

「彼らに水を向ければ、喜んで大臣の接待を、引き受けてくれると思うんですよ」

外務大臣に会う時に必要な費用は、彼らに出してもらう訳だ。

「ただ、外務大臣から昔のことを聞くには、商人達だけでなく冬伯様も、大臣が招かれる席に、居合わせねばなりません。しかし、どうやったら同じ席へ潜り込めるか。そこが分からなくて、悩むことになりました」

亡き宗伯師僧のことを知りたいなら、大臣と問答が出来なければならない。接待を受ける料理屋などで、部屋を間違えた振りをし、外務大臣のいる部屋へ、ちょいと顔を見せる位では足りないのだ。昌太郎がそう話すと、玄泉が目を見張った。

「昌太郎さん達は、本気で冬伯様と外務大臣を、会わせる気なんですね」

士族の大山は、尾を引いている悩み事を、解決したいだけだと言った。

「それでですね、小芝居の小屋で、役者へ立ち回りを教えている時、ひょいと思いついたことがありまして。つまり、接待の席へ潜り込もうと考えるから、事が難しくなるのだと」

大山は、辰馬から紹介してもらった、ある名を思い出していた。大山は辰馬に誘われ、今、実話再現の芝居に出ている。料理屋八仙花(はっせんか)のおかみと、つてがあるのだ。

「接待の席を、上野の八仙花にすることが出来ないかと、思ったんです。何故かって？ だって八仙花は今、実話再現の怪談で、売れている店なんですから」

八仙花であれば、自分達は外務大臣に会えると、大山は大きく頷いた。冬伯は、思わずつぶやく。

「えっ、自分達って。いつの間に皆も、外務大臣と会うことになったんだい？」

「おかみに頼み、我らが役者として、外務大臣の宴席で、実話再現の芝居をすることを、許してもらいましょう。それならここにいる皆が、外務大臣と同じ部屋にいても、何の不思議もありません」

「皆って、師僧だけでなく、私もそこに顔を出すんですか？」

魂消る(たまげ)玄泉の目の前で、素晴らしい思いつきだと、辰馬達が大きく声を上げた。今度は西方が、どうやって宗伯のことを聞くか、説明を始めた。講談のように昔の話を語っていた西方は、話作りが得意だという。

「そしてですね、外務大臣に見せる実話再現の怪談ですが、宗伯師僧が亡くなるまでの話を、こしらえてはいかがでしょう」

そうすれば、一々こちらが宗伯の件を説明しなくとも、芝居を見ただけで、事情を摑んでもらえるというのだ。冬伯は、思わず間の抜けた声を出してしまった。

「西方さん、師僧のことが怪談になるのか？」

「そこは芝居ですから。公園地を作る話が来て、困り切っていた僧が、突然亡くなった。その後……そうですね、墓に幽霊が出るようになったとでも、しましょうか」

そう持って行けば、実話再現の怪談に出来ると、西方は落ち着いた声で言った。

「上手(うま)くいけばその芝居を見て、外務大臣が、昔亡くなった僧の話を、自分から語ってくれるかもしれません。いや、それが無理でも、宗伯様の怪談を演ずれば、昔の話を外務大臣へ問う、きっかけになるってもんです」

東春寺の檀家達は、冬伯の為、長年の疑問を解き明かす訳だ。

「そうなったら、おれ達、やっと役に立ったと思える。立派な檀家になったんだって、褒めてもらえるだろう」

「素晴らしい。そいつは上手い考えだ」

辰馬が、満足げな声を出した。

2

その時であった。玄泉がすっくと立ち上がり、皆へ、恐ろしく怖い声を向けたのだ。

「何て阿呆なことを、考えつくんですか！　そんな思いつきが都合良く、上手くいく訳がないでしょう」

「玄泉、言い方がきついよ」

冬伯が声を上げたが、立派な弟子が、檀家達を見る目は冷たい。

「外務大臣が、三つ目の公園地を作ろうとしたから〝怪しい〟。新しい街を作ろうとしている外務大臣は外国人商人達と、〝会いたい筈だ〟。冬伯様が、八仙花のおかみを知っている上に大山さんも八仙花とつてがあるから、実話再現の怪談に出ることを、〝許してくれるだろう〟。宗伯師僧が亡くなるまでの話を見せたら、三つ目の公園地と亡くなった僧の話を、〝外務大臣が語る筈だ〟」

仁王立ちをしている玄泉のこめかみに、青筋が立った。

「全部、確証のない話です。皆の希望の、積み重ねじゃないですかっ」

確かでない話を四つも重ねて、どうしようというのか。

「かもしれない、という話の果てに、宗伯様が亡くなった訳が、転がっているとは思えません。第一、冬伯様はもう、宗伯師僧の件は追わないと言って下さってるのに」

今更何でまた、その話を蒸し返すのか。玄泉はさらに酷く不機嫌になった。

「金が無いのは構いませんが、勝手は困ります。皆さんそれで、檀家なんですかっ」

途端、辰馬が立ち上がった。

「玄泉の阿呆。少しでも冬伯様の役に立ちたいっていう、皆の気持ちが分からんのか」

「じゃあ、もっとはっきり言いましょう。ありがた迷惑、大きなお世話！　何でも、突っ走りゃ良いってもんじゃや、ないんだ」

「なにおうっ」

辰馬が正面から、玄泉へ摑みかかったものだから、周りの皆が慌てて引き離しにかかった。玄泉が腕っ節で、辰馬に敵う筈もなく、あっという間に拳固(げんこ)を喰(く)らっている。

冬伯は溜息を漏らしつつ、二人を引き離すと、並んで囲炉裏脇に座らせ、渋い顔でその場を収めた。

「檀家になった皆が、寺の力になりたいと思ってくれたことは、嬉しい。ありがとうね」

だから、辰馬達が思いつきを試してみるのは構わないと、冬伯は言ってみた。せっかく皆で話し合い、頑張っているのだ。一方的に、試すことも駄目だと言うと、檀家の皆は収まらない気がしたからだ。

しかし。

「正直に言うよ。外務大臣が、会ったこともない人の誘いに、ほいほい乗るとは思えないんだ。それに、実話再現の怪談芝居を見ただけで、ある僧が突然亡くなった訳を、大臣が語り出すこともない気がする」

それを承知の上なら、外務大臣と関わってみなさいと、冬伯は言ったのだ。

「せっかくの計画だもの。当たって砕けろと、やってみたらいい」

「冬伯様ぁ、その、我らが砕け散ると、思ってるみたいですね」

「ふふ、天下の外務大臣様が、思うとおりに動いてくれるとは、思えないんだ。だから私より、檀家の皆をすっきりとさせる為、やってみなさい」

冬伯はここで、相場師としての知識を付け足し、いかに外務大臣が偉い人なのか、語ってみた。

「外務大臣様となると、月俸は五百円という噂だ。そして我らと近しい下っ端の巡査殿は、月俸八円くらいだと聞くが」

「えっ……そんなに差があるんですか。というか、大臣は大金持ちだ」

「雲の上のお人だな」

冬伯は、呆然とする昌太郎へ頷く。だが、それでも諦めない辰馬達が、冬伯の許しが出たと、色々話を始めたものだから、玄泉は溜息を漏らしている。

冬伯が見事な瘤に薬を塗った後も、玄泉は長いこと、辰馬へ目を向けなかった。ただ冬伯が、用意しておいた握り飯と汁ものを、皆の前へ並べていると、手伝ってくれる。

すると辰馬がおずおずと、西の人からの差し入れだと言い、辛子蓮根というものを出してきた。冬伯は良き酒のあてだと、般若湯を奥から出してくる。皆が大層喜ぶと座がほぐれ、東春寺は何とか、ほっとする話し声で満ちていった。

東春寺での集いから、一月ほど後のこと。冬伯はある夕刻、料理屋八仙花の二階で首を傾げていた。

「はて、何で私は、ここへ来ることになったんだろう」

どう考えても奇妙なことに、冬伯は今宵、芝居に出るのだ。出し物は勿論(もちろん)、八仙花で評判の、実話再現の怪談であった。

つまり亡き師僧宗伯が、昔の東春寺で亡くなった顚末(てんまつ)を、本当にこれから見せることになっていた。冬伯は、亡き宗伯師僧を演じるのだ。

共に芝居を行う仲間は、檀家四人と玄泉、それにおかみであった。

「やれ、大丈夫かな。私は今日、ちゃんと芝居をして、外務大臣へ、師僧のことを問えるのだろうか」

冬伯は先日、辰馬達東春寺の檀家へ、やりたいなら外務大臣と、縁(えにし)を結んでみろと言いはした。それは間違いないのだが……冬伯は二階の廊下で、大きく息を吐く。

「まさか本当に、外務大臣と檀家さん達が繫(つな)がるなんて。思ってもいなかったよ」

しかし檀家の一人として、意を決した昌太郎が、外国人商人達へ声を掛けると、事は思わぬ早さで動いていったのだ。

まず外国の商人達が、外務大臣の接待費を出すと承知した。それを知ると、何と西方だけでなく玄泉も、亡き師僧宗伯を中心にした短い芝居を、一緒に書いた。西方だけに勝手な芝居を書かれるのは嫌だったので、玄泉が自ら手がけたという。弟子が芝居を書けると知り、冬伯は魂消ることになった。

次に大山と辰馬は八仙花へ行き、おかみへ事情を話し、芝居の本を見せたという。おかみは、大臣と縁を作れるならと、座を貸すことを承知した。

しかしその後、一番難しい問題が残った。どうやったら外務大臣を、八仙花へ招くことが出来るか。その厄介な問題が、実は片付いていなかったのだ。

「やはり簡単には、外務大臣と会えないんだと納得した。ついでに、大いにほっとしたんだが」

冬伯は、八仙花にある華やかな色硝子(いろガラス)の窓へ、顰(しか)め面を向ける。

ところが、接待の話が進まなくなった時、何と大山が、力を発揮したのだ。外務大臣の元護衛であった大山だが、さすがに大臣へは話を繋げなかった。しかし、当時の大臣の書生と、連絡を取ることが出来た。

「書生が、大臣の秘書官になってたとはね。つまり檀家達の望みが、偉い方に伝えられてしまったんだ」

気が付けば外務大臣は、本当に八仙花へ来ると決まっていた。大臣の興味を引いたのは、築地の外国人商人だったのか、それとも流行の、実話再現の怪談か。とにかく問答無用で、接待の話が進むことになった訳だ。

恐ろしいことに、冬伯も玄泉も芝居に出ると決まり、そして今日が来てしまった。

「確かにこの芝居は、私にとって怪談だ。また師僧の話を蒸し返すのかと、敦久殿に叱られたし」

冬伯は深い溜息をつき、そして懐に手を入れると、遠方からの手紙を取り出す。師僧が亡くなった後、冬伯は本山や、寺の先達方を頼ってこなかった。本山は倒れた師僧と、まだ若かった冬伯に、冷淡だった気がしたからだ。

しかし……外務大臣と会う日が決まり、時が無い中、冬伯は、己も精一杯の調べをすべきだと思った。それで大臣についての問い合わせを、電報にて、本山の先達へ送ったのだ。

すると思いも掛けない程早く、手紙で長い返事が来た。普段、遠方と縁の無かった冬伯は、東京と本山との距離を思って戸惑った。

「明治とは、こういう世の中なんだな。幕末まで遠かった地が、急に近くなった」

手紙には、師の宗伯は、外務大臣のことを、本山へ何も話していないとあった。だがそれだけでなく、連絡を取ってこない冬伯を、案ずる言葉も添えられていた。

よい歳をした冬伯を気遣える先達と己との格の差を思い、こんな自分が師では、弟子玄泉に悪いなと思う。冬伯は未だに相場へ頼っており、名僧になれない自分を、嫌というほど知っているのだ。

「やれやれ。煩悩に満ちた己を見つめるのも、修行の内か」

ここで、宴席の準備をしていたおかみが、冬伯を呼びに来る。辰馬達が打ち合わせをする声も聞こえ、冬伯は色硝子の前から、料理屋の一階へと向かった。


外務大臣が来た日、冬伯達が実話再現の怪談を見せたのは、八仙花の母屋の料理屋と廊下で繋がっている離れのような一角であった。手前の部屋や廊下を使える上、余人の目が届かない、上手く芝居を見せることが出来る部屋なのだ。

外務大臣は、秘書や書生、護衛など、四人も伴って現れた。部屋で膳の前に座ると直ぐ、周りを外国人商人達が取り巻く。そして大臣や商人達は、料理も芝居もそっちのけで、早々に、新たに作る街の話を始めたのだ。

おかげで隣の部屋から、座敷の様子を確かめていた辰馬が、そっと溜息を漏らすことになった。芝居をするのだ。宗伯が亡くなった事情を知るだけでなく、役者はやはり、良い一幕を見せたいようであった。

「うーん……今日のお客は、手強(てごわ)そうだ。そうなんだよ。八仙花は料理屋だから、たまに、芝居なんか興味無いってお客と、出くわすんだよなぁ」

一部屋にいるお客の数は、そもそも少ない。だから、何人かにそっぽを向かれたら、芝居を、誰にも見てもらえないことになるのだ。役者稼業の辰馬と大山は、そういう辛さが身にしみている様子であった。

「さぁて、今日の芝居、どうなることやら。冬伯様、多少台詞を間違えてもいいから、とにかく宗伯師僧として死んで、きちんと芝居を終えて欲しい。大丈夫だよな？」

「分かった。辰馬、何とか最後までやってみるよ」

　実話再現の怪談は、幕を開けたりせず、気が付いたら芝居が始まっていたという形を取る。幽霊や怪異が話に出てくるゆえ、話の怖さが身にしみるように作られていた。

　しかし。どれ程迫真の名演技をしても、お客に見てもらえねば、意味を成さない。そして、今日の大臣の目的は、やはり流行の芝居ではなく、外国人商人達であったらしい。

　そっぽを向き、話し続ける大臣と商人達の前で、東春寺の僧二人と辰馬達は、必死に怪異を見せ続けた。だが客達は機嫌良く、飲み、食い、話を続けていく。

　途中で一旦、襖の向こうへ下がった時、辰馬は歯を食いしばっていた。

「やっぱり駄目だ。今日のお客達は、芝居など見もしない。こんな調子のまま、話が終わっちまうのかね」

　これで外務大臣と、芝居後、話が出来るかなと、檀家達が悩んでいる。

　ところが。芝居の途中、宗伯が病で倒れる場面で、流れが変わった。慣れない冬伯が思い切り倒れると、その音に驚いたのか、酒杯を持った大臣の手が止まったのだ。そして目の前で演じられていた芝居に、ようよう気が付いたとでもいうように、倒れている坊主姿を見て、首を傾げる。

「おや、驚いた。この場面は昔のことを、思い起こさせるな。そういえば、どこかで見聞きしたような話をやると、言っておった」

大臣はふと、今日は〝実話再現〟の芝居を見に来たのだったとつぶやく。そして自分の前で、坊主が倒れていると続けた。

すると大臣は、芝居を途切れさせるのも構わず、亡くなった者を演じている冬伯へ、大きな声を掛けてきたのだ。

「おい、そこで倒れておる坊主頭。今日は一体、どういう考えがあって、この話をわしに、見せたのか」

坊主だから目立ったのか、大臣は、冬伯へ問いを向けてきた。既に師は死んでいる場面だったが、冬伯は思わず溜息を漏らした。

(目の前で演じられている芝居なのに。大臣、本当に何も見ていなかったんだな)

だが、まだ芝居は終わっておらず、辰馬は、外務大臣の問いを無視して、演じ続けようとしている。しかし大臣が大きな音を立て、酒杯を膳へ置いたものだから、その場にいた檀家達も、商人らも、驚いて動きを止めてしまった。

すると、丁度出番ではなかったおかみが、襖の陰から部屋に顔を見せ、大臣の問いに答え始めた。

「実話再現の怪談は、初めてご覧になるとのこと。大臣、まだ途中ですが、いかがですか」

おかみは、今回の話も、以前、本当にあったことを演じているのだと続ける。

「目の前で倒れている御坊は、若い頃、師僧を失いましたの。使いから帰ってみると、浅草の寺で、師僧が亡くなっていたとか」

それは突然の出来事であったため、浅草の寺町に、噂が流れた。亡くなった僧は、誰ぞに殺された。ゆえに、成仏出来ていないというのだ。

「その話は、実話再現の怪談に向いておりました。それで、今回の芝居の元にしたんです」

すると大臣は、既に芝居の中で語られていたことを、わざわざおかみへ問うてくる。

「いつの話だ？　僧はいつ死んだ？」

「はい？　あ、ええ。浅草に、三つ目の公園地が作られると、噂になった頃の話です」

おかみの言葉を聞いた外務大臣が、突然笑い出した。

3

「ああ、坊主達が、この芝居をわざわざ、わしに見せた訳が、分かってきたぞ」

大臣は厳しい眼差しを、冬伯へ向けてくる。

「浅草で、三つ目の公園地を計画していた頃のことだ。ある僧が突然亡くなり、若い僧が残されたと聞いた」

その話を覚えていたので、大臣は先程の場が、気になったのだという。

冬伯は思わず、起き上がってしまった。そして、その若い坊主は己だと、思い切って言ってみる。

「おや、そうなのか。それで坊主、何を知りたくて、こんな芝居を見せてきたんだ?」

「師僧の、死の訳が知りたいのです」

自分は寺から出かけており、戻ったら師が亡くなっていた。今に至っても確かな話は聞けない。

「浅草では多くの寺が、公園地を作る話に、反対していた頃の話です」

その中の一つの寺が、住職を失ったものだから、あれは人殺しだと、よみうりが出た。

「己で調べても、その話が本当か分かりませんでした。もし承知している方がいるなら、三つ目の公園地を作ろうとしていた外務大臣、御身かと思います」

相手が大臣故、こんな方法でなければ、会うことも叶わなかったと言うと、その言葉には、あっさり頷いている。

「もし、ご存じのことがあるなら、一言でもいい、お教え下さい」

叶う限り、静かな言葉で伝えた。すると大臣は、寸の間黙っていた後、構わないかとつぶやくと、淡々と語り始めたのだ。

「公園地の計画に反対していた住職は、元々病を得ていたと聞いた。確か、そうだった」

部屋内の誰かが、声を上げたが、冬伯はそちらを見てはいなかった。

「だが、それでも養生せず、公園地の話を白紙に戻すため、無理を重ねていたようだ。突然命を落としたらしいが、何の病であったかは知らん」

当時の書生は、主へそんな話を報告していたのだ。詳しい言葉を、外務大臣はもう覚えていなかった。

「なのに、誰が師を殺したのだと、残された若い僧は、わめいておると言う。迷惑な話だった」

師僧を失い、行く当てもないので、悲しみを余所にぶつけているのだろうと、周りの者が言った。皆は、一人残された若い僧が、哀れだと言う。

「我らが病の僧に、無理をさせてしまったのだ。仏罰が下るかもと、心配する声もあった」

それで大臣は部下に言いつけ、若い僧に、まともな暮らしをもたらした。部下の縁者に相場師がいたので、若い僧を預け、その手伝いをさせたのだ。

「何年か後、その時の若い僧は、相場師になったと聞いたよ。おお、わしは良いことをしたな」

それで若い僧とは縁が切れたと、大臣は今まで忘れていたのだ。

一方三つ目の公園地の件は、寺で急死が出て反対が大きくなり、計画が遅れた。その内、東京ではもっと大規模な街作り、銀座煉瓦街建設の話が出たので、公園地の方は、何時ともなく消えていったのだ。

「あの時の若い僧が、僧の姿でまた現れるとは、な。お主、相場師になったのではなかったのか」

冬伯は、思わぬ話に、頭の芯を真っ白にしていた。自分を相場師へ預けた者の背後に、何と外務大臣がいたのだ。そういえば、里方でもない男に預けられ、相場に馴染んでいった訳を、詳しく承知していなかった。

（ああ、玉比女神社の敦久殿へ、怒りを向けていた時と同じだ。己が知らぬことが、この世には満ちているようだ）

一方、師が亡くなった訳は、余りにあっさり語られた気もした。

（師はやはり病であったのか。私にも隠していたということは、病は重いと、分かっておいでだったのかもしれん）

師は、寺を公園地にしないため、臥せってはいられなかった。それで弟子には黙ったまま、働き続けていたのだ。

（そういう選択をされたのか）

亡き師僧らしい話だった。師僧の死が、やっと納得出来た気がした。

だが、分からないことも残っている。この場を逃せば、大臣とは二度と会えず、聞けない。

冬伯は立ち上がると、大臣の真ん前に座り、芝居をぶち壊した。

そして、まずは礼を口にする。

「外務大臣様が、若い頃の自分を救って下さったとは、存じませんでした。今更ではありますが、御礼申し上げます」

たとえ背後にどんな事情があろうとも、師を失った後、相場師に引き取ってもらえた冬伯は、そのことで救われたのだ。相場師にもなって、今も金を稼ぎ、寺が助かっている。冬伯は畳に両の手を突き、深く頭を下げた。

ただ。

「我が師は、病死だったと言われました。ただ、三つ目の公園地の件で、無理を重ねていたともおっしゃいました。そのことを、大臣は承知しておられたようだ」

ならば何故、煉瓦街建設の話が出たら、直ぐに中止となる程度にしか大事ではない、三つ目の公園地を、浅草に作ろうとしたのか。そのことで数多（あまた）の寺を敵方に回し、人を死なせてしまったのは、どうしてか。

無茶をした訳は何なのか。

「今日でなければ、お聞き出来ません。是非、訳を聞かせて頂きたい」

冬伯は真っ直ぐに大臣を見つめる。背後で座る二名の護衛が、総身に、わずかに力を入れるのが分かった。話の腰を折られた外国人商人達は、一見落ち着いた様子で僧衣を眺めている。

そして。

大臣が、声を出さずに笑うのが分かった。

「坊さんは暢気（のんき）なことを言うね。いや、お前さんは相場師にもなった。だから、もう少し世の中のことが見えてないと、いけないんじゃないかね」

大臣が語り出したのを見て、辰馬達が芝居を諦め、冬伯の背後を囲むようにして座った。その間にも、大臣はさっさと先を語っていく。

「ああ、三つ目の公園地の件は、今考えると、要らない話だったな。十年以上時が経ってから考えると、だがね」

その時起こった件で、冬伯が己を恨むというのであれば、それは致し方ないと、正面から言う。

「人一人亡くなっているのに、致し方ないとはなんだと、言われそうだな。いやいや、わしは公園地の件の他にも、きっと、山ほど馬鹿をしているに違いない。関わっちまって、病死した御仁なら、他にもいるかもな」

だから似たような恨みも、おそらく沢山、買っている筈だと大臣は言う。

「じゃあ、それが分かっていて、何で馬鹿をしたのかって？　相場師の坊さん、言っただろう。何故お前さんが分かってないのかと、こっちが聞きたい」

芝居をしている者達は、料理屋八仙花に雇われている。そして八仙花のおかみの実家は、日本であって日本ではない、外国人達の町、築地居留地の近くにあるではないか。そう言う大臣の声が低い。

「おれ達の国は、お前さんが生まれた時、侍が刀を差して、町を歩いてたんだ。そこへ突然、外国が入ってきた」

大臣は昔のままの日本が、好きだと言った。だが、変わらないでいたいと言っても、このままでいられそうもないと続ける。

「今、居留地で外国人が罪を犯しても、日本の政府は実質、罪を問えないんだ」

治外法権、国の力が弱いと、庶民までそういう扱いを受けることになる。

「日本がまだ、欧米の植民地になっていないのは、ただ運が良かっただけだ。わしや仲間は、そう思ってる」

その理由を、色々言い立てる者がいることは、承知していると大臣は言う。しかし。

「どの理由も、足りないな。印度みたいに、支配して大きな利が出る地域だったら、日本は今の形で残ってない。植民地化をはね返す力など、今もないな」

そのとおりだろうと言われ、大臣から顔を向けられた外国人商人達が、笑っている。部屋内の誰かの、息を呑む声が聞こえた。

「だから国を動かす者達は今、やれることは全部やって、何とかこの国を近代的にしよう、強くしようと、やっきになってる。出来なかった場合、他の亜細亜の国みたいに、本当に植民地になるかな」

もしくは、他国に強く支配される、傀儡の政府を頂くことになる。阿片が全国にばら撒かれることも、大いにあり得るらしい。

「日本は、外国に慣れていなかった。改革にも、馴染んでいなかった。新しい武器にも、世界で認められている法の支配にも、とにかくあらゆることに不慣れだ」

しかし慣れるのに、ゆっくりしている間はない。日の本を負った者達は、こちらが正しいと思える方へ、とにかく突き進んでいるのだ。

勿論、その道が正しいという保証など、誰もしてくれない。三つ目の公園地が要るか、要らないか、十年後の真実を教えてくれる者もいなかった。

「間違ったことも理不尽も、わしは、山とやってきた自覚がある。坊さん達は、文句があるのだろうよ」

　国のありように、納得がいかないとの声があるのは知っている。開化など望んではいない者達も多い。勝手をするな、腹が立つ、等々言われてきた。

「師が亡くなることになったんだ。ここで外務大臣は、一旦言葉を切ると、姿勢を正した。するとだが。ここで外務大臣は、一旦言葉を切ると、姿勢を正した。すると、傍らにいた外国人商人達が、わずかに身を引く。そして、冬伯の後ろにいた皆も、息を吞んだのが分かった。

　大臣は、冬伯の方へぐっと身を乗り出し、目に光をたたえつつ、低い声で言った。

「文句があるなら、何故、自分で国の舵取りをしようとしないんだ？　かつて理不尽な立場に立たされた時、お前さんは、まだ若かった。いや幾つになっても、政治を志すことが出来る筈だ」

「………」

「なのに僧衣など着て、のんびりしてる。だが政府に、文句だけは言う。こっちこそ、腹が立つね」

　今が気に入らないなら、政治を自分でやれと、亡き師僧の敵が言ってくる。考えが違うと言い、責め、しかし責任は取らず、金も出さないというのは、不可なのだそうだ。

「なのに、そんな奴らだらけさ」

　この国で今、政府にいるのは、酷く大変なのだという。

「もう一度言う。政が不満なら、三つ目の公園地が要らないと思うなら、政治家を目指せ。

そして、わしより正しく日本を導いてみろ。いつでも書生として、仲間の政治家の下へ放り込んでやるよ」

眼差しがぶつかり、冬伯は、ぐっと唇を引き結んだ。そしてしばし後、口の片端を引き上げると、大臣を見返す。

「言いたいことは、分かりました。大臣御自身にも、腹が膨れるほどの不満があることは、ようく承知しました」

だが、しかしだ。冬伯は、護衛や取り巻きを引き連れた、大臣を見据える。

「我ら庶民が、一月働いて得る金が、幾らなのかご承知か？　例えば知人の小学校教員は、給金、月八円です。年俸九十六円」

対して、政府の頭とも言える総理大臣になると、その報酬は桁違いなのだ。

「総理大臣は、月俸八百円。年俸は九千六百円です」

教員の年俸の百年分を、明治の世、総理大臣は一年でもらう。

「ならば百年分の働きを、して頂かねば困ります。大臣、俸給は、国中から集めた税から、出ているのでしょうから」

「大して税を払っていない筈の僧が、言うではないか」

いや相場師の方は、結構払っているのだろうかと、外務大臣が嫌みな口調で続ける。しかし冬伯は引かず、更に切り込んだ。なるだけ口調が変わらないようにし、相場を張る時のように表情も変えず、言ってみたのだ。

「しかも大臣方が、煉瓦街を作る為に使った金は、元々江戸の頃、徳川が用意していたものではありませんか」

明治政府が産業を振興し、財をこしらえた訳ではなかろう。冬伯がいきなりそう突っ込むと、驚いたことに、外務大臣はさっと顔を強ばらせた。

「おや。確かに、幕府が飢饉に備え、貯蓄していた囲い米を金に換えたがな。そいつを、どこから摑んだんだ？」

そう問われ、一番驚いたのは、座に居座っていた辰馬達であった。貧民窟で暮らしていた二人だ。

「へっ？　二つ目の埋蔵金は、幕府が貯めてたお救い米なのか？　その米を金に換えて、食う以外のことに使っちまったのか？」

せっかく幕府が、心底困っている者達の為、用意してくれていたものなのに、何で道や建物に替えてしまうのか。辰馬を見ると、その顔つきが、怖い物に変わっていく。そして直ぐ、遠慮も無く、偉い大臣へ文句を言い出した。

「大臣さんよう、分かってる？　江戸の頃は、でっかい貧民窟なんて、無かったって言われてるんだぜ。けど今の東京には、三つもある」

口で、いかにご立派なことを言おうと、暮らしている者達を飢えさせておいて、大臣を名乗るとは、ふてぶてしいではないか。辰馬が睨むと、当のお偉方は、とんでもないことをつぶやいてきた。

「うわっ、参った。坊さん達は、囲い米のことを、はっきり摑んじゃいなかったようだ」

なのに探りを入れられ、うっかり口を滑らせてしまったと、大臣はそちらを悔いているのだ。

玄泉がその様子を目にして、呆然とした顔になっている。

「大臣と我々……全くかみ合いませんね」

同じ日の本の言葉を話している筈だが、通じている気がしない。真剣に戸惑う玄泉の顔を見て、冬伯はもう苦笑するしかなかった。

用心を始めたのか、大臣からそれ以上、新たな話も出てこない。よって、そろそろ芝居は終わりにしようと言い、冬伯は辰馬達へ目を向けた。

「今日は、最後までしっかり芝居を続けるよう言われてたのに、途中から素の己が出てしまって済まない。やはり私は僧で、役者ではないね」

だが、よくよく考えてみると、この芝居の終わり方は、他の実話再現の怪談と比べても、怖さで劣ってはいないと、冬伯は言ってみた。

「賊軍の徳川が用意したお救い米を、錦(にしき)の御旗(みはた)を担いだ官軍が売り払い、きらびやかな街を作る為、使っていた。立派な怪談ですよ」

ところでと、冬伯は大臣を見る。

「徳川が残した金は、埋蔵金と、お救い米の他にもあったそうですが。大臣、残る一つは、今、どこにあるんですか？」

「おや、まだあるのか？　知らぬなぁ」

思い切り空とぼけると、怪談芝居は終わったようだと言い、大臣はそそくさと腰を上げた。そして商いの話の続きは後日と、外国人商人達へ告げてから、冬伯の方を見てくる。

「縁のあった若い御坊が、無事、立派な大人になっていて嬉しかったよ。きみ、わしに、大いに感謝をしておくれ」

するとと冬伯は、素直に頷いたのだ。

「もちろん助けて頂いたことは、これからも、覚えておりますとも。相場師は、物覚えが良くなくては、やっていけません」

つまり師僧を失ったことも、自分は忘れられずにいるのだ。

「大臣、世の中、都合の良いことばかりでは、出来ていませんね」

自分は今、相場師と僧侶を兼ねているからと、冬伯は語った。そうでなければ寺を、維持していけないからだ。

そして大臣へ、今日まで暮らしてこられた礼を言い、もう一度、深く頭を下げた。

4

「確かに都合の悪いことは、世に満ちておる」

にたりと笑い、護衛達に囲まれた外務大臣が、部屋から出て行く。辰馬が大臣の背に、声を向けた。

「大臣、おれはお救い米を、食いたかったよ。貧民窟で食べてた残飯より、そっちを食いたかった」

だが、返事はない。その後、おかみと外国人商人達が後に続いたが、すれ違う時、外国人商人の一人が小声で話しかけてきた。

「我らはその内、大東京改造の計画の為、資材を売ります。きっと大儲けしますよ」

辰馬は驚きの目で、去って行く者達を見つめている。だが、もう、何を聞くことも無理であった。

「ああ、なんて終わり方だ」

玄泉は顔色を変えて立ち尽くし、八仙花での接待は終わった。皆が溜息を漏らす中、玄泉が、冬伯へ目を向けてくる。

「師僧、宗伯様の件は納得されましたか？」

これ以上の話を得ることは、無理だろう。だが、露わになった大臣の考えを知り、冬伯は却って腹の底に、納得いかない思いを残したかもしれない。玄泉が心配げに問うと、冬伯は、事がはっきりして良かったと言い切った。

ただ、一言付け足しもした。

「今日の接待のおかげで、今、自分が何をしたいか分かった。私は、穴を掘りたくなってるんだよ」

「は？　穴、ですか？」

どこに、大穴を開けたくなったのかと問い、玄泉はただ目を見開いている。実話再現の怪談に力を貸してくれた面々が、冬伯を呆然と見つめてきた。

東春寺は八仙花から遠くないので、冬伯達は料理屋を出た後、寺で一服することにした。すると、無事に芝居が終わったか心配していたようで、そこへ敦久宮司も顔を見せてくる。書院で温かい茶を配ると、辰馬や大山、西方、昌太郎が、ほっとした顔になる。そして皆は、この後どうするのか、冬伯へ問うてきたのだ。

「料理屋八仙花で、穴を掘りたいと言っておいでてでしたが。本当にこの後、落とし穴でも掘るんですか？」

だが穴など掘っても、無駄になると玄泉が言う。宗伯を病に追いやった外務大臣が、東春寺へ来た上、穴に落ちるとは、とても思えないからだ。

「なんだ冬伯殿、宗伯様のことで、また馬鹿をしたくなったのか？　もう師の件は終わりにすると、約束をしただろう」

敦久が睨んできたので、冬伯は笑って、自分は寺の門前ではなく、外務大臣の経歴に、大穴を開けてみたいと言ったのだ。

「外務大臣が、どうかしたのか？」

すると、話がよく分かっていない敦久へ、皆が、八仙花で語られたことを伝えた。

「三つ目の公園地の件、やはり大臣が、無茶をしておりました。そして宗伯師僧は、病で亡くなられたようです」

師僧に無理をさせたのは、三つ目の公園地計画だが、大臣に悪意はなかった。身勝手さは十分あったが、政治を行う者が持つべき志すら、大臣は持っているようであった。

だがしかしと、玄泉は続ける。

「自分の目は、世界へ向いているからと言い切って、日本で暮らす大勢の、暮らしの大変さを忘れ去っているのは、いただけません。上に立つ者として、拙いです」

そんな勝手を続けると、やがて己のみが正しいと思い込み、日の本を、戦にでも追い込みかねないのだ。すると冬伯が頷いた。

「そうなったら恐ろしいよね。だから私は今のうちに、大臣の行いにうんざりしていると、分かって頂こうと思うんだ」

国を動かす者は、己の行いと結果を、知るだけでは足りない。馬鹿をしたら、身に染みておくべきなのだ。冬伯がそう言うと、周りが一斉に頷く。西方が問うてきた。

「で、冬伯様、あの思い込みの激しい大臣の経歴に、どうやって大穴を開けるおつもりかな」

冬伯は小さく笑うと、この後、何をするつもりなのかを、語っていった。

「あの大臣は浅草で、三つ目の公園地を作ろうとし、今また、大東京改造の計画を、行おうとしている」

根っから、西洋の都市が好きなのだろうと、冬伯は続けた。倫敦(ロンドン)など欧羅巴(ヨーロッパ)の都市は、百年も二百年も、そのままの形で残っている。あっさり燃えてしまう日の本の街とは、全く違うものであった。

孫子の代まであり続ける街に、己の名を刻む。あの大臣はそういうものに、西洋と己の強さを見ているのかもと、冬伯には思えた。

ただ、そういうことを成すには、勿論、大枚がいる。

「大臣は八仙花で、お救い米の話を口にしてしまい、大いに慌てていた」

幕府が持っていたお救い米。それは金に換えられるものであり、ある意味、埋蔵金と言って良いものであった。そして明治政府はそちらを、早々に使ってしまったらしい。

「西方さんが言った、別件の埋蔵金話は、本当だったんだ」

ならば、積み立てと言われた埋蔵金の方も、本当にあるのだろう。そして、冬伯が正面から問うたのに、徳川が残した積み立て金のことを、大臣は誤魔化した。

「いかにも、話したくない様子だったね」

冬伯は、口の端を引き上げる。

「積み立ての方の金は、きっとまだ使っていないんだ。徳川が残したその金を、好きなことに使えなくなるのを嫌がって、大臣は、話が漏れないよう気を遣っているんだろう」

このままだと徳川の金は、外国によく似た、東京の街に変わる訳だ。しかし、外国の街に憧れない者も、この日本には多いに違いない。ここで冬伯は久方ぶりに、酷く人の悪そうな、怖い笑みを浮かべた。

「私はまず、その大事な徳川の金が、どこにあるかを、はっきり突き止めたい。そして、大臣が最も嫌がる相手……政敵とか言うんだっけ、そういう人へ、金をいかに使うべきか、お聞きしたいと思うんだ」

さぁ、偉い政治家になら、当然いると思われる敵方の面々は、どう出るだろうか。

「勿論、外務大臣とは別の使い方を、思いつくに決まってます」

辰馬が正しく予想し、冬伯が笑みを浮かべた。

「政府内で、他の目が行き届かない内に予算を組み、金を使いたいんだろうが。街を作れなくなったら、あの大臣は怒るだろうね」

外務大臣の経歴に、大穴が開く訳だ。

己は失敗だらけだったと言いつつ、大臣は欠片も、落ち込んでいなかった。大本のところで、自分の行いを認めているからで、反省が大いに足りないと語ると、敦久も頷く。

「そういうことなら、師を思い出すが、大臣と関わってもよろしい」

堂の内で、残った埋蔵金の件をどうするか、話が始まった。特に辰馬と大山、西方は、真剣な顔だ。お救い米が明治政府のせいで、誰の腹も満たさなかったことを知ったからだ。貧民窟では今も、残飯を食べている者が多い。

西方は早々に、具体的なことを言った。

「大臣の敵なら、直ぐに分かりますよ。銀座の、新聞社に勤めてる者にでも聞けばいい」

ならば一番の難題は、三つ目の徳川の金が、どこにあるかということだ。すると今度は敦久が、首を傾げつつ切り出した。敦久は何か語りにくそうに言った。

「実は、西方さんが言っていた徳川の二つ目の金が、実際あったことに、私は驚いてるんだ。まあ確かにお救い米では、徳川方が静岡へ持って行くことは、無理だったろう」

それは、あると分かっていても、持ち出すことが出来ない財であったのだ。

「つまりお救い米だから、大金だとは見なされていなかった。だけど米が倉にあったことは、結構沢山の者達が、知っていた筈だよな」

倉の管理をしていた者が、多くいた筈なのだ。何かあった時、米を配る役目も負っていただろう。

「ならばだ。三つ目の徳川の金のことも、承知している人は、どこかに結構、いるんじゃないかね」

埋蔵金のようなものだとも知らず、大きな何かを管理している者だ。そういう誰かがいないなら、大枚は語り伝えられている徳川の埋蔵金のように、山にでも隠すしかない。

「それは……確かに、そうだ」

皆が頷き、もう一度金について考え始める。ここで大山が口を開いた。

「あの、三つ目の徳川の金は、〝積み立て〟られたものなんですよね？」

誰が、どんな金を積み立てていたのだろうかと、大山は不思議に思ったという。

「私は、江戸の頃を覚えてますが、金を積み立てた覚えはないんです」

親が、積み立て金の話をしていたのも、覚えてはいない。旗本の陪臣であったが、少なくとも自分達は、積み立てをしてはいなかったと、大山は語ったのだ。他の武家達が、金を積み立てているという噂も、聞いたことがない。

「では江戸の頃、誰が出した金を、どこで積み立てていたんでしょうか」

一番年上の西方が、眉を顰めている。

「江戸の頃は、銀行など無かったよねえ。金を扱っていたのは両替屋だけど、あそこが金を集めて、積み立てをしていたようには思えないんだが」

そんな話は聞いたことがなかったと、西方が首を傾げている。

「我らが知らない積み立て金。だが、明治政府は摑んでたんだよな。外務大臣はしっかり、その金のことを承知してたんだ」

なぜ、お役人だけが分かっていたのかと、敦久が眉根を寄せる。

すると、この時。

冬伯は、引っ張り上げられたかのように、皆の前で立ち上がった。多くの目が見つめてくる中、立ち尽くす。不意に思い出したことがあった。

「そうだった。師僧は亡くなる前、私を使いに出してた」

「はい？　使いがどうかしましたか？」

玄泉が、急に話を変えて、どうしたのかと問うてきたので、首を振る。積み立ての話から、外れた訳ではなかった。

「ただ、思いついたんだよ。亡き師僧も、もしかしたら公園地を作る金の出所を、探っていたのかもしれない」

今、初めてそれが思い浮かんだ。

大きな計画を進める為には、大金が必要だ。三つ目の公園地作りを本気で止めようと思うなら、財源を止めるのは良き手なのだ。

「そして師は、あの頃私をよく、郵便取扱所へ使いにやってたんだよ」

多分もう体を壊していたが、調べ続けたいことがあった筈なのだ。だから弟子の冬伯が、色々動くことになったのだ。

「冬伯殿、師僧が、どこかへ手紙を出していたってことか?」

その相手を覚えているかと敦久から言われたので、首を横に振った。例えば本山へ手紙を出したのなら、本山は手紙で、知らせてくれたと思うが、それは無かった。

「それに、手紙を出さねばならないほど遠くで、江戸の金を、積み立てていたとは思えないんだ。昔は主に歩いていた。鉄道馬車や、蒸気船があった訳じゃないから、江戸から遠く離れた所で、積み立てをするのは、酷く不便だったと思う」

ならば、冬伯が郵便取扱所へ何度も行っていた訳は、何か。答えが浮かんできていた。

「郵便取扱所へ行くことが、目的だったんだと思う。そういえば行った先で文のようなものを、渡した覚えがある」

あれは切手を貼った手紙ではなく、郵便取扱所の者へ、直に渡す文だった。つまり宗伯の目当ては、郵便局の局員だったのではないか。

「えっ？　埋蔵金の話をしてたのに、何で郵便取扱所の人と、会いに行くことになるの？」

辰馬と玄泉、昌太郎は、訳の分からない顔で、目を見開いている。一方、年かさの西方や、敦久、大山は、一寸黙った後、ああ、そうかと声を上げた。

「そうか、そうだった。会って話をすべきなのは、町役人達だったのか」

江戸の昔を背負った面々が、揃って頷いたので、若い者達が呆然としている。冬伯が、郵便取扱所と金の話を、明治の若者へ伝え始めた。

5

「江戸の町役人というのは、町人で、町の仕事を受け持っていたお人だ。町年寄、町名主なんかがいて、結構力のある立場だったと思う」

役料を受け取り暮らしていて、確かそれは、町入用という、町内の町人達から集めたもので、まかなわれていた筈であった。

すると西方が、笑って言った。

「町人と言っても、税を払ってる人達のことですがね。私ら長屋住まいは、税を出してなかった」

暮らしている町で使う、町入用すら出していなかったと、軽く笑った。すると敦久が、町入用から、町で必要な金が出ていたのだから、その金は、きちんと集められていたのだろうと言う。

「町年寄は、確か江戸に三人しかいなかったな。町の金を集めていたのは、町名主さん達かね。そこから役料をもらっていたんだから、その金について良く知ってたに違いない」

町を動かしていた金が、江戸の頃、確かにあった。百万と言われた江戸の住人の内、町人は半分いると言われていた。その者達から、金が集められていたのだから、大金が集まっていた筈と、冬伯が断言する。

「もし、その内から、積み立てられた金があったとしたら……明治になった時、大枚に化けていただろうな」

そして町役人は、江戸のお役人の一部なのだ。上の役目の者達を辿（たど）ると、徳川の城にいる者となる。

「あ、町名主って、徳川と関わりのある人達だったんだね」

若い三人が、ようよう分かったと言ったので、四人は、顔を見合わせた。

「町名主のことが、分からないとはね。もうそんなに、古い役目になってしまったんだ」

長年、敬意を払われてきた町役人であった。寺で坊主が、わざわざ出迎えるような、力のある立場だったのだ。しかし既にその役目は消え、若者達にとっては、どこへ行けば会えるのか、思いつかない御仁と化している。

「江戸は、本当に遠くなったんだな」

だが三人は、まだ、分からないという顔をしている。

「それで、町名主が町役人だと、師僧が何で郵便取扱所へ行くんですか？」

「徳川家縁の積み立て金が、江戸の頃、作られたが、大山さんによると、武家は関わっていなそうだ。ならば徳川の為に働いていた町役人こそが、詳しいに違いないと思う」

ならば、その町名主を、どうやって探すか。それは思いの外、簡単であった。

「玄泉、辰馬、昌太郎さん、町名主さん達は今、郵便取扱所のお人になっている」

「えっ？」

「明治になった後、町名主の役目も終わっていった。その後あのお人達は、屋敷の一部を差し出し、郵便を扱うようになったんだよ」

師の宗伯は亡くなった日、具合が悪くなっていた筈なのに、それでも弟子を郵便取扱所へやった。それには、訳があったのだ。三つ目の公園地を作る金について、元の町名主から、聞きたいことがあったに違いないと思う。

「何故私に、そのことを説明していなかったのかね。今となっては分からないが、ただ」

相手があの外務大臣だったとしたら。師僧は弟子を巻き込まないよう、気を配っていたのかもしれない。刀が振るわれ、大砲がぶっ放され、命のやりとりの果てに政権が代わってから、何年も経っていない時の話であった。

「ああ、今度こそ、抱えていた重しが消えた気がしてる」

そして、部屋内の皆へ言う。

「こうして、積み立てのことを聞く相手が分かったんだ。元、町名主さんに会おう。金の真実はこれから、確かめられるだろう」

「やっと、〝積み立て金〟がどういうものか、分かるんですね」

皆は、謎が片付くことを知り、却って驚いているようであった。そしてじき、声が、顔つきが、ほっとするものに変わっていった。


翌月のこと。東春寺で夕食の支度をしつつ、冬伯は弟子と、知り合いから聞いた話を語っていた。

先月皆で、何人かの元町名主の所へ行くと、かつての町役人達は、あっさり積み立て金の件を教えてくれた。既に明治政府が承知している話だから、隠すことでもないと言ったのだ。三つ目の埋蔵金と言われてきた金は、こちらも本当にあった。

「徳川が残した百七十万両もの金。何と寛政の改革で、御老中の松平定信(まつだいらさだのぶ)様が作り出したものだったとは」

定信は七分積金の制というものを行い、各町に入ってくるかなりの金を、積み立てさせていたのだ。それは低利で貸し出され、多くの役に立っていたのだが、積み重なっていき、明治になった時、大金に化けていた。

徳川が残した大枚だったので、見つけた者が勝手に使える、徳川の埋蔵金のように噂され、密やかに語られていたのだ。

「しかし師僧、寛政とは、どれくらい前のことなのでしょう」

二人で調べてみて、百年ほど前のことだと分かった。江戸が残してくれた金を、明治の政治家は、盛大に使おうとしていたのだ。

「外務大臣様はその金で、新しい東京を作ってみたかった訳だ」

だがつい昨日、大東京改造の計画は幻になりそうだと、知り合いが噂を伝えてきた。計画は、恐ろしいほど金が必要と政府内に知れて、推進役の外務省方が困っているらしい。

しかも金の話と、外務大臣の腹づもりを、どこかの坊主達がいらぬ相手に伝えたからか……政府では、計画反対の内務省系と外務省系で、大喧嘩(おおげんか)が起こったらしい。このままだと、下手をしたらいつか、大臣が辞めることになるかもという話が聞こえていた。

「だけどねえ、辞めてもあの外務大臣様が、暮らしに困る訳もないし」

築地の外国人商人達が、今、どう動いているのか気にはなったが、そんな話は、浅草の小さな寺、東春寺の僧へは伝わってこない。

「とにかく、外務大臣に大穴は掘った。毎日が落ち着いてもきた。だからまあ、いいさ」

寺の堂で、胡麻(ごま)をすりながら言うと、和え物の支度をしつつ、玄泉が笑った。最近は敦久宮司がまた、卵を食べて調子を崩した以外、騒ぎは起きていなかった。

ただ、めでたいことはいくつかあった。まず辰馬が小芝居で初めて、大きな役をもらった。大山は台詞がある役を得たが、大抵の日は今も、舞台で斬られ続けている。

また、冬伯は玄泉と話し合い、しばらくの間、相場に精を出すことを許してもらっている。

金を貯め、寺の家作を買って、家賃を得ることに決めたのだ。いずれ相場から手を引くため、そういう明日を目指すことにした。

「うん、私も前向きになったもんだ」

冬伯は、明治だからかなと言って、胡麻をすり続ける。

「冬伯様、明治だと、前向きになるんですか？」

弟子が、面白がって問うてきたので、大いに真面目に、明治を語ってみることにした。今なら、江戸と明治を、明るい気持ちで語れる気がしてきたのだ。

境内へふと目を向けると、庭が、底から光を含んでいるかのように、明るく見えていた。

終

冬伯は、東春寺の台所で、弟子へ江戸と明治を語った。

まだ覚えている内に、来し方を伝えておくのもいいと思うのは、歳を取ってきた証だろうか。

また、明治を若い者と語りたいと思うのは、まだまだ若いからという気もした。

それで、すり鉢を前に、話が始まった。

「玄泉、江戸の世は、武士が政を行っていたことは承知してるよね？　その江戸から、突然、新しき世へ移った。明治になったんだ」

政と関係のない、庶民の暮らしまでも、大きく変わった。ただ自分が変わらず、今も僧侶であるのは嬉しいと、冬伯は語った。

「明治は、驚く時だった。何しろまず、武士が消えたんだから」

僧まで消えなくて、幸いであった。しかし金は、円に換わった。

「皆が名字を、名乗るようにもなった。あれには驚いたよ」

町年寄や町名主など、昔から受け継がれてきた立場や地位も、廃止されていった。電信が登場し、遠き地のことが、あっという間に伝わってきた。

「本山の御坊へ、お礼の手紙を出したら、もっとまめに知らせをおくれと言われたよ」

江戸の昔は飛脚代も高かったから、そうは言われなかった気がしている。鉄道馬車は、歩くか、舟に乗って移動していた暮らしを変えた。

「駕籠が消え、人力車が取って代わったね。洋装の者が、珍しくもなくなった。うん、つまり私くらいから上の年齢の者は、江戸からいきなり別の世に放り込まれ、それは酷く戸惑うことになったんだよ」

「はい。御維新の後、あっという間に毎日が変わって、大人は大変だったと聞いてます」

二人しかいない昼間、堂で夕餉の支度をしている時も、弟子の玄泉は真面目だと言い、冬伯はまた笑った。

江戸であった頃を知らない弟子は、それでも精一杯頭を働かせ、昨日を思い描いているのだ。冬伯はここで、生真面目な弟子へ一つ問うた。

「玄泉、明治になって一番大変なことは、何だと思う？　ああ、国の明日を憂うなど、政とは関係ない、我らの話としてだが」

話が長くなると思ったのか、ここで玄泉は鉄瓶の湯を使い、冬伯へ茶を淹れてくれた。それから弟子は、大きく首を傾げる。

「それは……余りに色々、変わったことがあり過ぎて迷います。師僧、人によって違うようにも思います」

例えば、隣にある玉比女(たまひめ)神社の宮司敦久(あつひさ)ならば、明治政府の方針で、神宮寺(じんぐうじ)の僧ではいられなくなったことだろうと、玄泉は言う。

しかし冬伯は、敦久一人のことだけでなく、皆に当てはまる答えが欲しいと言ってみた。玄泉が、真剣に悩み始める。

「そんな答えが、あるのですか?」

「玄泉、実はお前も、じきにその答えゆえ、困ることになると思ってるんだ。今、玄泉は、関係ないかもしれないがね」

「私も、困るのですか?」

本気で戸惑う様子を見て、冬伯が茶を手に、小さく笑い声を立てる。そして弟子へ、優しい声で言った。

「玄泉、お前はさっき、御維新の後、あっという間に毎日が変わって、大人は大変だっただろうと言ったよね」

「はい、申しました」

「それは当たってるよ。けどね、その話には、大分足りないところがあるんだ」

冬伯は維新の頃、まだそれは若かった。そして、住職を名乗っている今、つくづく感じていることがあるのだ。

「玄泉、御維新は確かに、大事（おおごと）だった」

誰もが世に大きな不安を感じ、いざとなれば住んでいる所から、命がけで逃げ出さねばならなかった。大地震や大火事と同じく、己と家族の全てをかけ、必死で生き延びようとした時だったのだ。

「その後、官軍が勝って、お金や立場、乗り物などが新しく定まった。うん、その使いこなし方を覚えるのは、大変だったと思う」

一つ一つは、大したことでもなかったのだろうが、何しろ暮らしに関わることが、一斉に変化していったのだ。毎日の暮らしを支えつつ、それらを覚えていくのは、やはり大事だった気がする。

しかしだ。

「明治になって一番大変だったことは、大きな移り変わりが終わった後に、始まった。私は、そう思ってるんだ」

玄泉が、眉根を顰（ひそ）めてきた。

「江戸から維新になったんだ。私達は沢山のことを、何とか身につけるしかなかった。だって、知らないと暮らせない」

遠方へ出かける時、昔のように歩いていく訳にも、いかなくなった。鉄道馬車や鉄道に乗れなくては、仕事先や親戚を訪ねることすら出来ない、そんな世が来ていた。

「それで、世の皆は頑張ったのさ。毎日のことだから、慣れてもいく。じきに誰もが当たり前の顔をして、鉄道馬車や蒸気船に乗り始めた。今じゃ円が当たり前で、小判を使う人なんか、いやしない」

めでたし、めでたし、江戸生まれもモダンな世の一員となり、ほっと一息ついたのだ。

「ところが、だ。明治という世はじき、本性を現してきたんだよ」

玄泉、これが答えだよと、冬伯は言った。

「つまりね、玄泉。明治は、変わり続ける時代だったんだ」

移ろいは、勿論江戸の頃にもあった。しかし明治の世のそれは、早さが違うのだ。日本は新しくなり、海外が絡んできている分、変わり方は大きく、桁が外れている。外務大臣のように、その移り変わりを更に早くしようと、頑張る者すらいた。

「変わり続ける、ですか?」

また別の世になるのかと問われたので、一応首を横に振ってみる。

「私もお前も、これからまた、色々覚えていかなきゃならないってことだ。でないと、世に遅れてしまう。いや暮らすのに、困ってしまうと思うんだ」

目の前にいる若い玄泉が、いつか遅れてしまうなんて、少し不思議な気がすると冬伯が笑い、弟子はただ目を丸くしている。明治は疾走する馬なのだと、冬伯は続けた。

「相場師仲間は儲ける為、世の事情に聡い。だから色々なことが、私の耳にも入ってくるんだ」

例えば、電話のことは知っているかと問われ、玄泉は頷いた。東京、横浜間の、電話架設試験の話が、確か新聞に載っていたからだ。冬伯はその電話を、何年もしないうちに、自分達並の者も、使うようになると口にした。

「まあ、最初は有力者でもなけりゃ、とても家に電話は引けないだろうけど。だがそもそも、我らでは使い方が分からないだろうね」

「……なるほど、新たに覚えねばならないことが、また生まれてくるんですね」

「近々変わると決まっていることは、他にもある。海外では電気で走る鉄道が、鉄道馬車の代わりになっているそうだ。馬が引かなくとも、車両が動くらしい」

それが日本にもじき、入ってくる。

「そんなものに、我らは乗るのですか？」

玄泉は、わずかに腰が引けた様子を見せた後、はっとした顔になった。蒸気機関車は既に、馬がいなくとも走っていると言い、己で頷いている。

その後、一寸（ちょっと）天井へ顔を向け、溜息を漏らした。

「今も、これからも沢山のことが、あっという間に、移り変わっていくんですね。電話のように、今まで無かったことを、覚えていかなくてはならないんですね」

そして、明治生まれだから大丈夫と安心している者も、一旦明治を習い覚えた者も、また次のことを習い始めるのだ。

「それは……大変というより、怖い気までします」

ちゃんと、使いこなしていけるだろうか。明治の世から、周りの人達から、落ちこぼれたり

終

しないだろうか。心許なさが不安を呼ぶ気がすると、玄泉が言う。

「私は、大丈夫なんでしょうか」

「新たなことを楽しむ若さを、保ちたいものだ」

冬伯は、ゆっくり言ってみた。しかし電話のように、金の問題があり、簡単には習得出来ないこともあるに違いない。

「多分、歳を取れば取るほど、分からないことが増えていく気がするよ。今私は、玄泉や辰馬が色々教えてくれるから、助かっているが」

しかし歳が上の分、心許ない思いは、玄泉や辰馬より強かろうと言った。

「師に、ちゃんと伝えられるよう、諸事、頑張って覚えていきます」

頼もしい弟子の言葉を聞き、冬伯は、頼りにしていると頷く。そうやって、共に歩んでいく者がいるなら、後はせっせと、時代を越えていくのみであった。

「まあ、何とかなるか」

冬伯は最近、このゆるい言葉が、好きになってきている。そうやって、己を許していければ、明日へ向かうのが、大層楽になるような気がしているからだ。

「明治の変わり続ける日々も、また楽し。そう思っていきたいものだ」

町が変わる。物事が変わる。決まり事や、日々の付き合いまで移ろい、食べ物の好みすら、時代が変えていく気がしている。そしてそれでも、坊主の日々は続くのだ。

「御坊日々。そうだな、今日から師のように、日乗でも書いてみるか」

書き留めておけば、事がいつ変わったか後で分かり、面白いかもしれない。すると、ここで表から声が聞こえて、冬伯は境内へ目を向けた。

「冬伯様、何ですか、にちにちって?」

寺へ今日も、檀家の辰馬や大山、西方が顔を見せてくる。特に西方は、年配の独り者であるせいか、こまめに寺へ来ていて、色々手伝ってくれるので助かっていた。

もし独り者が病で寝付いたら、冬伯達が看病の手配をするか、いっそ寺で休ませると思う。

そしてそのことを、お互い何となく分かっていた。

日々人の縁が深まっていくのは、明治も同じであった。貧乏な寺は、それで困りもせず、静かに、時に明るく、時を刻んでいくのだ。

(そう、何とかなる)

すり鉢を置くと、今日の飯は何ですかと、興味津々の声が聞こえてくる。手伝ってくれと声を掛けると、三人が、台所へ駆け寄ってきた。

終

初出：「週刊朝日」二〇二〇年八月十四日・二十一日合併号から二〇二一年二月十二日号に連載。単行本化にあたり加筆修正しました。

畠中恵（はたけなか・めぐみ）
高知県生まれ、名古屋育ち。名古屋造形芸術短期大学卒。漫画家を経て、二〇〇一年『しゃばけ』で日本ファンタジーノベル大賞優秀賞を受賞してデビュー。以来、「しゃばけ」シリーズは一大ベストセラーとなり、一六年には吉川英治文庫賞を受賞。他の著書に、『つくもがみ貸します』『アイスクリン強し』『けさくしゃ』『明治・妖モダン』『うずら大名』『明治・金色キタン』『若様とロマン』『わが殿』『猫君』『あしたの華姫』など多数。

御坊日々（ごぼうにちにち）

二〇二一年十一月三十日　第一刷発行

著　者　畠中恵（はたけなかめぐみ）
発行者　三宮博信
発行所　朝日新聞出版
〒一〇四-八〇一一　東京都中央区築地五-三-二
電話　〇三-五五四一-八八三二（編集）
　　　〇三-五五四〇-七七九三（販売）
印刷製本　凸版印刷株式会社

ISBN978-4-02-251799-9
定価はカバーに表示してあります。
落丁・乱丁の場合は弊社業務部（電話〇三-五五四〇-七八〇〇）へご連絡ください。
送料弊社負担にてお取り替えいたします。